소설 읽는 그리스도인

소설은 한 사람을 알게 하는데 그게 나일 수 있다

© 이정일

초판 1쇄 인쇄 | 2024년 02월 13일
초판 1쇄 발행 | 2024년 02월 23일

지은이 | 이정일
발행인 | 강영란
편집 | 박관용, 권지연
디자인 | 트리니티
마케팅 및 경영지원 | 이진호

펴낸곳 | 샘솟는기쁨
주소 | 서울시 충무로 3가 59-9 예림빌딩 402호
전화 | 대표 (02)517-2045
팩스 | (02)517-5125(주문)
이메일 | atfeel@hanmail.net

홈페이지 | https//blog.naver.com/feelwithcom
페이스북 | https//www.facebook.com/publisherjoy
출판등록 | 2006년 7월 8일

ISBN 979-11-92794-35-8(03800)

※책값은 뒤표지에 있습니다.
※잘못 만들어진 책은 바꿔 드립니다.

이정일 지음

소설 읽는 그리스도인

The Christians who read novels

소설은
한 사람을 알게 하는데
그게 나일 수 있다

**샘솟는
기쁨**

일러두기

단행본은 『 』 드라마는 「 」로 표기하고 그 밖의 단편, 시, 음악, 영상 작품 등은 〈 〉로 표기하였다.
강조할 때는 ' '를 사용하였고 보충 설명은 〔 〕로 표기하였다.
성경 인용은 개역개정을 사용하고 필요할 경우 따로 표기하였다.

문학의 영토에서
발견하는
새로운 삶

저자이기 이전에 열정적인 독자인 이정일 목사님은 먼저 소설의 막역한 친구로서 우리에게 소설을 인생의 벗으로 소개한다. 이 책을 읽으면서 나는 소설과 함께하는 삶이 다른 세상임을 경험한다. 눈에 보이는 우주보다 넓고 다양한 소설의 세계, 이 책은 우리를 그런 세계로 초대하고 그 세계를 누리는 방법을 선물한다.

소설의 어원인 "새롭고 신기한"을 의미하는 "노벨라"(novella)에 걸맞게 독자에게 새로운 관점과 사유, 그리고 새로운 인생을 향한 모험도 자극한다. 소설가나 소설 평론가의 글과는 달리 신학자의 혜안으로 인생과 소설의 밀애를 기술하고, 깊은 통찰과 아름다운 언어가 어우러진 이 책을 독서의 등불로 삼아 나도 본격적인 소설 소비자의 첫발을 내딛으려 한다. 이러다가 내 심장이 신학이 아니라 소설에서 뛸지도 모르겠다.

한병수 | 교수, 전주대학교 선교신학대학원 원장

친숙했던 소설이 거리감이 느껴지는 옛 친구를 닮아가고, 미처 펼치지 못한 소설마저 말을 건네기도 어색한 짝사랑마냥 어려워진다면, 그래서 소설의 세계에서 그리움의 감정을 빚어낼 자신마저 없어질 때, "같이 가줄까?" 하며 학창 시절 문학반 쌤 같은 이가 있다면 얼마나 좋을까?

저자는 바로 그런 선생님의 얼굴로 다가온다. 무질서하게 쌓이는 것만 같았던 나만의 밑줄들이 생의 불꽃을 위한 성냥개비였다는 진실을 알려주는 대목에서 내 청춘의 독서를 훔쳐본 건 아닐까 흠칫 놀란다. 젊은 날의 숲에서 마주했던 나뭇가지를 닮은 무수한 문장 사이로 흘러갔을, 문장 뒤로 지나쳤을, 그 아래 어디선가 분명히 기다리고 있었을, 하지만 무심코 지나버려 무척이나 서운했을, 온갖 경이로운 감각의 요정들이 저자가 펼쳐놓은 무성한 덤불에서 이젠 무뎌져만 가는 나를 힘껏 노려본다.

일상에서는 찾을 수 없는 행복, 소설에서만 찾을 수 있는 행복이 따로 있다는 걸, 그리고 그 행복이 그토록 찾던 나만의 파랑새라는 진실을, 어렴풋이 느끼곤 했어도, 이토록 자상한 보따리로 풀어주니, 아니 나도 몰랐던 내 맘 이토록 알아주니 내가 다 고맙다.

인간 감정의 뿌리가 하나님에게 있다는 사실을 신학의 영토에서 슐라이어마허가 밝혀냈다면, 문학의 영토에서는 저자가 밝혀내는 중이라고 얘기해도 괜찮지 않을까?! 그런 물음을 담은 느낌표가 내 마음밭에 자꾸만 심겨진다. "소설을 꾸준히 읽으면 삶을 읽는 시선이 놀랍도록 깊어지고 넓어지는 것 하나는 확실하다"라는 저자의 말에 귀 기울이다 보면 (성경은 물론) 자연 말고도 하나님을 읽는 또 다른 책이 있었음을 각성하게 된다. "소설을 읽는 것이야말로 얼마나 영적인 일인지" 풀어내는 모든 페이지마다 하나님의 바람에 휘청이던 저자의 한숨이 녹아 있다. 소설을 읽는 것이 기도가 될 수 있다는, 생각지도 못한 메시지가 여기 말고 다른 어디서 들어본 적 있었을까?

　책을 읽는 내내 다채로이 인용되는 소설, 영화, 드라마 대사 한마디까지 자꾸만 아하! 하는 눈길이 가고 그렇지! 하는 손길이 가서 책갈피를 이리저리 뒤척이게 한다. 생각지도 않던 마들렌 과자 봉지들이 여기저기 숨어 있다가는 응답하라 철없던 시절로 독자를 훅(hook)하는 대목들 투성이니… 아! 하나님. 이 얼마나 기다렸던 순간인지요! 어쩔 수 없는 인간에 불과한 서로를 이젠 그만 용서하고 싶은 마음까지 들게 하고, 우찌무라 간조 말마따나 日新又日新(일신우일신)! 날마다 새롭게 하루씩 살고 싶어지게 만드는 책. 이제 나는 예전처럼 소설을 급히 읽지도 몰아서 읽지도 않을 것이지만, 그 누구보다 소설을 오래도록 읽고 또 읽을 것만 같다. 그것도 아주 천천히. 천국의 시간에서처럼…

송용원 | 교수, 장로회신학대학교 조직신학

차례

프롤로그

사소한 이야기를
할 수 있는 사람이
진짜 친구

그리스도인에게 소설은 유익한 장르다. 신앙 서적을 읽기도 바쁠 텐데 소설까지 챙기는 건 사치일 수 있다. 하지만 예수님과 사랑에 빠지는 법을 신앙서도 가르쳐주지만, 소설도 가르쳐준다. 영화 〈일 포스티노〉(1994, 소설 『네루다의 우편배달부』가 원작)에 보면 이런 대사가 나온다. "난 사랑에 빠졌어요. 치료 약이 없어요. 치료되고 싶지 않아요. 계속 아프고 싶어요. 전 사랑에 빠졌어요." 이런 고백이 우리에게 필요하다.

우리는 화낼 일이 많은 세상을 산다. 성경은 그런 세상을 사는 우리에게 빛이 되고 소금이 되라고 가르친다. 그렇게 살려면 하나님을 아는 게 우선이지만 그다음엔 나를 알고 인간을 알아야 한다. 세상에서는 하나님이 아닌 인간을 상대하기 때문이다. 소설은 세상은 있는 모습 그대로가 아니라 우리가 이해한

대로 보인다고 알려준다. 이런 좋은 신앙의 도구를 우리는 좀 더 적극적으로 활용할 필요가 있다.

진리는 바뀌지 않지만 시대는 바뀐다. 바뀐 시대의 콘텍스트를 살펴보지 않은 채 좁게 해석한 성경 지식을 갖고 현실을 대처하다 보니 충돌과 모순이 생긴다. 거룩함을 추구해도 인간다움의 감각은 잊지 말아야 한다. 연약함을 드러낼수록 자유로워지고 신실해진다. 소설은 그런 감각을 유지하는 최소한의 실행이다. 바쁘고 피곤하다고 방심하면 영적으로 어두워져 자신이 뭘 놓치고 사는지를 모르게 된다.

이렇게 느끼는 게 중요한 이유가 있다. 느낀다는 건 자신의 자아를 갖는 일이여서 자기만의 느낌이 있는 사람은 타인의 말에 쉽게 흔들리지 않기 때문이다. 한국 사회가 진영 논리에 붙잡혀서 요동하고 한국 교회가 가짜 뉴스에 흔들리고 있다는 것은 나만의 생각이나 감정을 가진 사람이 적기 때문인 듯하다. 그리스도인으로 살려면 잠시라도 느껴야만 하고 자신이 어떤 생각을 하는지 살펴야 한다.

우리는 팩트가 넘쳐나는 세상을 살고 있다. 팩트가 주는 정보가 너무 많다 보니 사소한 이야기를 나눌 시간이 없다. 뭔가 긴급하고 중요한 일을 처리하다 보니 혼자일 때 어떤 느낌이 드는지 묻기가 어렵다. 소설은 그런 느낌과 사소한 이야기를 어떻게 나눌지를 알려준다. 열심히 살아도 자신이 싫어지는 순간이 있다는 것을 소설은 알기에, 소설을 읽으면 꿀 한 숟가락을 몰래 먹은 것 같은 느낌이 든다.

소설을 읽는 게 왜 꿀 한 숟가락을 떠먹는 느낌인지를 아직은 잘 체감하지 못할 것이다. 하지만 이 책을 읽고 나면 그게 무슨 뜻인지를 조금은 느끼게 될 것이다. 이 책은 그리스도인에게 소설이 왜 필요하고, 이게 어떻게 신앙을 자라게 하는지, 소설을 읽을 때 내면에서 어떤 변화가 일어나는지 등을 말하겠지만 그 모든 것은 앞으로 교회를 지켜갈 하나님의 사람들의 내면을 든든히 세워가기 위해서이다.

성경을 읽고, 어른이 되고, 소설을 읽는 게, 다 다른 것 같아도 사실은 연결되어 있다. 성경을 읽는 것은 영적인 일 같고, 어른이 되는 건 현실적인 삶 같고, 소설을 읽는 것은 개인의 취미 같지만, 이 셋은 연결되어 있고 동시에 저마다 혼자서도 중요한 작업을 한다. 그건 바로 새로운 사고 회로를 만들어내는 작업, 즉 사고의 확장이다. 그게 꼭 새 친구를 만난 느낌인데 이것이 뭔지를 이 책에서 경험해보길 바란다.

2024년 1월
저자 이정일

나의 아버지에게

아버지의 아들로 태어난 것을 늘 감사하며
이 책에 사랑과 존경의 마음을 담아 드립니다.

1부

삶의 의미는
우리 스스로 만드는 것이다

1장

**소설은 무엇이고
왜 중요한가**

　소설의 이야기에는 매듭 같은 게 있어서 그것을 잡아당기면 온 우주가 열리며 아주 잠깐 놀라운 비밀을 드러낸다는 걸 작가는 안다.[1] 매듭이 풀리는 건 순간이다. 0.2초나 될까 싶은 그 찰나의 순간, 어떤 느낌이나 생각이 섬광처럼 순식간에 나를 훑고 지나간다. 신기한 건 조금 전까지 '나라고 느꼈던 나'가 '전혀 다른 나'가 된 듯 느껴지는데, 이게 소설을 읽을 때 자주 경험하게 되는 일이다.

　소설을 두고 인간이 생각해낼 수 있는 최고의 이야기라고 말하는 데는 이유가 있다. 이해되지 않는 사건은 단순한 사건으로 남겠지만 그것을 이해하면 살아 있는 경험이 된다. 이야기는 팩트와 달리 무엇을 어떻게 해야 할지 몰라 당황스러울 때 사실을 쉽고 명확하게 이해하도록 도와준다. 소설은 진실하고 선하고 아름다운 이야기를 통해 우리가 삶을 대충, 가볍게, 피상적으로 살지 않도록 도와준다.

그래서일까, 좋은 소설을 읽고 나면 깊은 만족감이 느껴진다. 이건 소설 속 이야기가 감동이라는 펀치를 날리기 때문이지만 동시에 그게 내면의 뭔가를 건드리기도 한다. 인간에게는 초월성에 대한 갈망이 있다. 하나님으로부터 멀어진 후 인간은 본능적으로 자신의 존재 의미를 확인받고 싶어 하기에, 소설을 통해 자신이 누구인지 확인받을 때 깊은 만족감이 밀려오고, 그게 행복의 느낌을 준다.

소설이 주는 행복은 다를까

소설이 주는 행복은 일상에서 느끼는 행복과는 다른 차원의 행복이다. 해 질 녘 산책길에서 노을을 보거나 아기의 웃음소리를 들을 때, 긴 하루를 보내고 지친 몸으로 집에 왔을 때 나를 반겨주는 개의 호들갑스러운 인사 속에서 불현듯 행복이 모습을 드러내곤 한다. 이런 행복이 우리에게 만족을 주는 건 분명하지만, 소설은 훨씬 더 근원적인 행복을 제공한다. 바로 나와 세상을 알아가는 행복이다.

사실 우리의 삶 자체가 서사적 특성을 갖고 있다. SNS가 보여주듯 잘 모르는 사람과도 살아가는 삶의 이야기를 나누고 싶어 한다. 자신의 경험 중 하나를 선택하여 말하는데 그것이 우리의 속마음과 정체성과 세계관을 드러낸다. 우리의 이야기는 곧 우리인 셈이다. 타인과 나누는 이야기는 자신과 세상뿐 아니라 세상 속에서 자신의 위치를 바라보는 방식에도 영향을 준다.

영화 〈패트리어트: 늪 속의 여우〉(2000)가 있다. 1776년 사우스캐롤라이나, 농부인 벤자민 마틴(배우 멜 깁슨)은 영국과 프랑스의 식민지 쟁탈전에 휩쓸린다. 전쟁터로 떠나는 아버지에게 아들은 납으로 만든 인형 세트를 준다. 전투가 길어지자 벤자민은 인형을 녹여서 머스킷 총의 탄알을 만든다. 인형이 하나씩 없어질 때마다 관객은 느낀다. 군인이 되어가는 그가 인간다움을 잃어가고 있다는 것을.

벤자민의 세계관을 딱 짚어서 말하긴 어렵다. 그가 말하지 않기 때문이다. 하지만 하는 말과 행동과 표정과 몸짓이 그의 세계관을 드러낸다. 사실 생각이나 감정은 내면의 깊고 은밀한 곳에 있어서 잘 드러나지 않는다. 이것은 가벼운 대화나 우연히 휘말려 든 사건을 겪으며 나타나는 감정적 혼란 속에서 드러나는데, 만일 주인공의 말과 행동과 표정과 몸짓이 바뀌었다면 그의 세계관도 바뀐 것이다.

영화에서 납 인형은 소품에 불과하다. 하지만 누군가가 그걸 보면서 마음의 변화나 깨달음을 얻었다면 이건 중요한 신호이다. 소설에선 이를 '삶의 확장'으로 이해한다. 새로운 걸 깨닫거나 느끼는 순간 기쁨이 분출하고, 새로운 시야가 열리고, 동시에 느낌과 시야를 통해 자신이 누구이고 뭘 원하는지를 알게 된다. 그게 소설이 존재하는 이유이다. 소설은 나를 아는 데 도움을 준다.

왜 이 문장이 좋은가

소설을 읽고 달라졌다고 느끼는 것은 무언가 변화가 있었기 때문이다. 변화를 일으키는 게 소설이 하는 일이다. 그 변화는 점진적이고 한정적이지만 진짜다. 진짜라는 게 중요하다. 사람들이 몇 시간이나 며칠씩 소설을 읽는 것은 완독할 때 찾아오는 희열이 있기 때문이다. 이 희열이 한순간에 터져도 실제론 소설을 읽으며 느낀 수백 번의 미세한 감동이 합쳐진 결과이다. 그 미세한 감동을 준 문장 중 하나이다.

어수선한 어둠 속에서 나는 다시 혼자였다.[2]

『위대한 개츠비』1장 마지막 문장이다. 다들 소설의 첫 문장에 주목하는데 나는 왜 이 문장이 좋을까. 그저 좋다. 이런 막연한 느낌이 마음에서 쌓인다. 때론 이런 문장은 주인공이 심경의 변화를 일으킨 단서가 될 수 있지만 헛다리를 짚은 것이어도 괜찮다. 느낀다는 게 중요하다. 소설을 읽으며 설레는 이유 중엔 플롯이 주는 즐거움도 있지만, 이야기를 통해 내가 느끼지 못한 자극을 받는 것도 있다.

느낌은 우리가 자극을 받아 평소엔 잘 인지하지 못한 뭔가를 감지할 때 순간적으로 상기되는데, 이게 소설의 매듭을 잡아당긴 것이다. 느낌은 자극에 대한 나의 반응이다. 감정도 이런 반응이다. 설명하자면 감정은 강한 반응이고 느낌은 강함이 덜한 대신 여운이 있는 반응이다. 감정이 원인이라면 느낌은 결과이고 감정이 줄기라면 느낌은 가지이다. 느낌과 감정은 우리가 '나'라고 느끼는 심리적 자아를 형성한다.

소설을 읽을 때 깊은 만족감이 오는 것은 내가 존재감을 느끼기 때문이다. 마음이 힘든데 생각이 '괜찮아'라며 덮어버리면 '나'는 사라진다. 그렇게 억눌리다 보면 짜증이나 분노, 질병의 형태로 표출되기 쉽다. 형태가 어떻든 숨겨진 나가 감지되어 의식으로 떠오르면, 느낌은 나를 일깨워서 내가 나다운 방식으로 살도록 이끈다. 이때의 느낌을 표현한다면 마음속에서 낙하산 같은 게 활짝 펼쳐지는 것 같다.

소설을 읽을 때 말로 표현할 수 없는 따뜻한 뭔가가 자신을 감싸는 느낌을 받는다면, 이게 막연한 느낌 같아도 그 속엔 따뜻한 열정, 호기심, 혹은 공감하고 상상하고 이해하는 힘이 담겨 있다. 이야기는 생존에 필요한 정보를 공유하는 매체이지만 동시에 우리가 인생을 진실하게 살도록 이끌어준다. 그 덕분에 작은 이익에 비겁해지려고 할 때 소설 속 이야기는 유혹에 흔들리는 나를 붙잡아준다.

　우리가 흔들리는 건 인생을 주도적으로 살지 못하기 때문이다. 내가 나를 전적으로 신뢰하지 못하다 보니 '좋아요'를 보며 자신의 존재감을 끌어내고, 책을 읽으며 자극을 받는 일이 적으니 좁은 사고를 확장하지 못한다. 빛과 소금으로 살겠다고 말하면서도 교회 안에만 머무는 건 자신과 세상을 읽는 시선이 협소하기 때문이다. 이것을 반전시키려면 나를 넘어선 곳에 존재하는 진실을 찾아가는 연습을 해야 한다.

　처음엔 잘 감지하지 못해도 소설을 읽기 시작하면 우리의 신경계는 비상 체제로 돌입하고, 인생이 주는 다양한 경험(방황과 동요, 성에 눈뜸, 죽음의 인식, 악의 경험, 자아 찾기, 모순된 세상에 대한 인식 등)을 등장인물을 통해 받아들인다. 주인공은 곤경에 빠져 고생하고 모순된 세계에 혼란도 느끼지만 결국 자신과 자신을 둘러싼 세계를 알게 되면서, 자신만의 느낌과 생각을 만들어내는데, 이런 간접경험이 우리를 성장시킨다.

　나는 등장인물을 관찰한 덕분에 나와 주변 사람들의 삶의 변화를 더 잘 읽을 수 있게 되었다고 생각한다. 소설은 허구의 인물이 느끼고 생각했을 법한 걸 서술하고 묘사하는데, 신기한 건 작가가 많이 말해주지 않아도 우리는 상상의 날개를 펴서 그 여백을 채운다는 사실이다. 여백을 채우는 건 분명 나인데도, 새로워지고 나다워지며 때론 영혼이 자란 듯한 느낌을 받는 건 이야기가 주는 희열 때문이다.

다른 시선

영화 〈쇼생크 탈출〉(1995)에 보면 장기수들이 나온다. 카메라는 그들의 삶을 조용하고 느리게 보여준다. 앤디(배우 팀 로빈스)가 도서관을 세우고 〈피가로의 결혼〉을 틀어줘도 그걸 느끼는 이는 적다. 출옥을 기다리며 살아도 막상 그게 현실이 되면 당황해한다. 수감 생활에 길들여진 것인데 영화는 이런 것을 설명하지 않고 시간의 변화도 포스터로 보여준다. 알아채는 이도 있고 알아채지 못하는 이도 있지만, 그걸 깨닫는 순간 희열이 밀려온다.

소설은 옳음과 친절함 중 하나를 선택할 땐 친절함을 선택하라고 말하고, 삶이 힘겨워 움츠러든 이에게 다가가 우리는 모두 평생에 한 번은 박수받을 자격이 있다고 위로해준다. 다들 행복을 느끼고 싶어 하지만 누구도 무엇이 나를 행복하게 만드는지 알려줄 수 없고, 누구도 무엇이 나에게 의미 있는 것인지 말해줄 수 없다. 해답은 각자의 가슴에서 나와야 하는데 소설 읽기는 그 답을 찾아내는 법을 알게 해준다.

문제는 답을 제대로 찾으려면 먼저 느껴야 한다. 뭘 느끼는가가 뭘 알아내는 것보다 중요하다는 뜻이다. 좋은 소설에는 마법 같은 무언가가 깃들어 있다. 『노인과 바다』를 읽고 나면 말로 설명할 수 없는 어떤 먹먹함이 느껴진다. 84일간 허탕을 치면서도 다시 바다로 나가는 노인 어부를 보면서 삶이란 뭘까를 곱씹게 된다. 소설은 노인에 대해 말하지만 정말 중요한 건 내가 그를 보면서 갖는 느낌이다.

우리에겐 뭔가를 천천히 느껴보는 시간이 필요하다. 몇 번의 검색으로 정보를 얻는 대신 소설을 천천히 읽으며 인물들의 관계도를 머릿속에서 정리해보자. 막연하던 게 이해되면서 퍼즐이 맞춰지고 복선이 보이고 감춰둔 반전이 예감되는 순간, 희열이 솟구친다는 걸 느끼게 된다. 트로이 목마 이야기가 그토록 폭발력 있는 건 말하는 사람과 듣는 사람이 모두 이야기가 주는 흥분을 경험하기 때문이다.

작가는 이야기를 서술과 묘사로 풀어낸다. 서술은 화자의 주관적 설명이고 묘사는 객관적 보여주기다. 서술과 묘사를 적절히 배합하여 이야기를 살아 있게 만든다. 흐름이 중요하다고 생각할 땐 서술을 쓰고, 뭔가를 깊이 느끼게 하고 싶을 땐 흐름을 멈추고 정지화면을 보여주듯 섬세하게 그려낸다. 이런 묘사는 19세기 중엽부터 눈에 띄게 늘어났다. 그때부터 우리는 자신을 깊이 읽기 시작한 것이다.

『보바리 부인』을 보면 인물의 심리묘사가 두드러지는데 이것이 찰스 디킨스의 소설에도 나타난다. 소설이 등장한 시기나 하는 역할을 보면 왜 소설이 우리에게 필요한지 알 수 있다. 1605년 세르반테스가 『돈키호테』를 썼는데 많은 이가 이것을 소설이 발명된 순간으로 여긴다. 산업혁명이 시작되기 150여 년 전, 하나님이 정보와 기술이 득세할 시대를 지탱하는 토대를 허구를 통해 세우셨다고 여겨진다.

허구는 보이지 않는 것을 보는 힘이다. 고대 이스라엘 사람들이 예언자로 부르는 이들을 고대 그리스 사람들은 시인으로 불렀다.[3] 그 시인이 지금은 소설가와 함께 우리에게 참되고 선하고 아름다운 것을 전한다. 이 진선미를 느끼는 시선이 보이는 세계를 지탱하는 토대이다. 이런 시선을 가지려면 새로운 시선과 감정이 내 안으로 흘러들어 섞여야 한다. 그래야 나와 세상에 대한 판단력이 좋아진다.

『노인과 바다』에서 작가는 쿠바의 한 노인 어부가 살아온 삶의 여정을 말하지 않는다. 그저 그 어부가 생활하는 5일 동안의 삶을 들여다본다. 늘 반복되는 일상일 테지만 날것 같은 어부의 경험에 '독자의 느낌'이 섞이니 이게 강력한 화학반응을 일으킨다. 소설이 보여주듯, 보이는 삶은 숨겨져 보이지 않는 삶의 위대함에 견주어보면 아주 작다. 문제는 이 둘의 차이를 소설을 읽는 이만 느낀다는 것이다.

소설은 우리가 살아낼 삶의 예고편 같아서, 어떤 삶을 살 것인가에 대한 결정적인 단서는 소설을 읽는 사람만이 얻을 수 있다. 소설을 읽으면 오늘을 두 번 사는 느낌이 드는데, 이유가 있다. 세상에 두 부류의 사람이 있기 때문이다. 원하는 삶을 사는 사람과 그렇지 않은 사람. 소설은 후자를 위한 두 번째 인생이고 두 번째 기회이다. 두 번째 인생을 사는 사람은 무엇을 보든 '다른 시선'으로 바라본다.

선택하는 자유

『흐르는 강물처럼』을 읽으면 우리를 미국 몬태나주의 강가로 데려가고, 『네루다의 우편배달부』를 읽으면 칠레의 이슬라 네그라 마을로 데려간다. 이렇게 다른 시선을 느끼는 경험이 '자기 초월'이다. 우리는 부담스러운 현실에서 때때로 분리될 필요가 있다. 예수님이 힘든 사역 후에 홀로 기도하러 가셨듯이 자기 자신을 넘어설 시간을 갖지 못하면 평생 '나'라는 작은 세상에서 갇혀 살게 된다.

인류학자 클로드 레비-스트로스의 기행문 『슬픈 열대』를 읽으면 다른 시선이 주는 힘을 느낀다. 우리는 인생의 의미를 아마존 원주민들이 느끼며 살 거라고 여기지 않는다. 하지만 아마존 밀림에서는 자기 몫을 나눠주고 가장 적게 가진 자가 족장이었다. 족장은 누리는 자가 아니라 베푸는 자였고, 족장의 특권이 뭐냐 묻자 '족장은 선두에 서서 싸운다'고 답한다. 이 족장의 시선이 작가의 시선이다.

작가는 아마존의 족장 같다. 족장이 숙영지를 찾아내듯 작가는 우리가 둔해져 감지하지 못하는 삶의 기류를 읽어낸다. 기쁨이든 슬픔이든 그 자신이 먼저 겪어본 뒤 그것을 소설로 풀어낸다. 그 덕분에 우리는 자신의 삶을 성찰할 기회를 얻는데 그게 꼭 일몰을 보는 느낌 같다. 인류학자에게 일몰은 단순히 해가 지는 게 아니었다. 레비-스트로스는 일몰이 주는 신비스러운 느낌을 이렇게 묘사한다.

하늘이 석양빛으로 밝아지기 시작할 때면 농부는 밭갈기를 멈추고, 어부는 배를 붙잡아 매며, 미개인은 빛이 사그라져가는 불 가에 앉아 눈을 깜빡이는 것이다. [4]

레비-스트로스가 뛰어난 건 시인의 시선을 가졌기 때문이다. 시인의 시선을 가지면 안 보이는 게 보인다. 축구 경기장 잔디를 관리하려면 전문가가 필요하다. 그에게 시인의 시선이 더해지면 뭐가 달라질까? 잔디가 자라는 소리를 궁금해한다. 그게 궁금해지면 축구장을 찾는 관중의 마음도 궁금해질 것이다. 전문가의 식견에 시인의 시선이 더해지니 보이지 않는 관중의 마음이 보인다. 참 아름답지 않은가?

우리에겐 아름다움을 느껴보는 시간이 필요하다. 성경은 하나님이 우리가 아름다움을 누리며 살기 원하신다는 것을 분명하게 보여준다. 하나님이 창조하신 세상은 유용할 뿐 아니라 아름답다. 이 세상에서 아름다움을 느끼지 못하면 개인의 삶과 기독교 문화 모두 빈곤해질 것이다. 바다, 하늘, 꽃, 바람, 무지개 같은 것들이 주는 경이로움을 자연을 보면서도 느끼지만, 이야기를 통해서도 알게 된다.

아름다움을 즐길 줄 모르면 예술도 교훈이나 목적을 위해 쓰려고 할 것이다. 괴테의 『파우스트』[5] 이야기를 생각해보라.

파우스트 박사의 영혼을 악마 메피스토펠레스가 노린다. 악마는 파우스트가 뭘 욕망하는지 알자 그걸 다 들어줄 테니 대신 하나만 지켜달라고 요구한다. 그가 내민 조건은 '어떤 경우든 아름답다고 말하지 말라'는 것이었다. 파우스트는 조건이 대수롭지 않게 보였기에 계약을 맺는다.

계약 후 파우스트는 잘나간다. 자신이 원하던 지적 쾌락을 단숨에 얻고, 시간 여행도 하고, 절세의 미인도 얻는다. 하지만 그렇게 갈망했던 욕망을 막상 경험하고 나니 그건 자신이 원하는 삶이 아니었다. 그는 뒤늦게 인간은 노력하는 한 방황하기 마련이며, 힘들게 얻은 것만이 진정한 행복을 가져다준다는 것을 깨닫고, 늦었지만 또 자신이 죽을 줄 알면서도 외친다. '멈추어라, 너는 참으로 아름답다'라고.

아름다움을 표현하는 건 좋지만 영원히 죽는 삶이다. 뭐든 아름답다고 고백하면 악마의 노예가 되어야 한다. 그것도 영원히. 평생 아름다움을 표현하지 못하며 사느냐 한 번이라도 표현하며 사느냐의 갈림길에서, 파우스트는 후자를 선택한다. 그건 죽는 길이지만 그는 죽는 쪽을 선택한다. 이런 선택을 야곱은 얍복강에서, 빅터 프랭클[6]은 죽음의 수용소에서, 장 발장은 동료의 재판 소식을 들으며 경험한다.

인간은 연약하다. 시련을 만나면 할 수 있는 게 별로 없지만, 시련을 대하는 자신의 태도는 선택할 수 있다. 그 태도가 아무리 미약해 보여도 선택할 수 있을 때 인간은 자유를 느끼고 인간다움을 느낀다. 소설은 이런 걸 일깨운다. 어떤 절망에도 희망이 있고, 살아갈 의미가 있다는 걸 『파친코』[7]를 읽으면 느낀다. 국가가 개인을 지켜주지 못하는 게 속상하지만 그래도 자신을 지켜낸 주인공 선자가 있어 행복해진다.

『파친코』를 처음엔 신나게 읽겠지만 소설 끝에 다다르면 먹먹해진다. 운명이 한 사람의 인생을 어떻게 빚어가는지가 보이기에. 선자가 살아냈듯 나도 그렇게 살 수 있을까 묻게 되는데, 그것만으로도 마음이 따뜻한 뭔가로 채워지는 느낌을 받는다. 소설은 분명 허구인데도 할머니가 실제로 살아온 삶 같다. 더 놀라운 건 소설을 읽으면서 우리가 아름다운 사람으로 다시 태어난다는 것이다. 마치 선자처럼.

나를 돌아보게 한다

삶이 갈팡질팡할 때 우리는 바로 써먹을 수 있는 답을 찾는다. 자기 계발서는 그런 답을 주지만 소설은 다르다. 소설이 주는 답은 한 줄로 간결하게 정리가 되지 않는다. 앞으로 2부에서 설명하겠지만 소설의 답은 심리적 죽음이나 감정적 혼돈일 때가 많다. 최은영의 단편소설 〈아치디에서〉[8]를 읽으면 동생은 언니에게 착하게 말고 자유롭게 살라고 말한다. 소설은 그 차이가 뭔지를 가슴 깊이 느끼게 해준다.

소설에서 하민은 자주 추웠고 숨을 쉬고 싶다고 말한다. 몸이 추운 건 마음이 춥기 때문일 것이고, 숨을 쉬고 싶다는 것은 삶이 옥죄었기 때문일 것이다. 간호사로 열심히 살았다고 느꼈지만, 어느 순간 자신의 삶을 돌아보니 사방이 벽이었다. 주변 사람들이 자신을 예의 바르게 대해주는 게 좋았지만 그게 사실은 '벽'이었다는 걸 느끼는 순간, 현타가 왔다. 그들에게 자신이 유해한 존재였다는 걸 깨달은 것이다.

소설은 우리를 계속 엉뚱한 곳으로 데리고 간다. 그 모습이 꼭 여름이 끝나고 가을이 오는 것 같지만 가을의 기색은 여름 동안에 만들어진다는 걸 '굳이' 보게 하는 것 같고, 꿈을 꾸는 동안엔 간절해도 막상 이루어지고 나면 그 꿈이 별것 아니게 느껴져 창피한 생각이 들게 된다는 걸 '굳이' 느끼게 하는 것 같다. 작가의 장편소설 『밝은 밤』을 읽을 때도 비슷한 느낌이 든다. 감춰둔 속마음을 들킨 느낌이다.

언제부터였을까. 삶이 누려야 할 무언가가 아니라 수행해야 할 일더미처럼 느껴진 것은.[9]

우리는 성장과 변화를 꿈꾼다. 그것은 우리가 안전하다고 느끼는 삶의 영역 밖에서 시작된다. 성장과 변화를 꿈꿔도 불안하다고 느끼는 순간 주저한다. 우리는 하나님의 사람이지만 동시에 어쩔 수 없는 인간이다. 이걸 뒤집기 위해 히가시노 게이

/
소설 읽는 그리스도인

고는 『나미야 잡화점의 기적』에서 넌지시 귀띔한다. '대부분, 상담자는 답을 알아도 상담을 하는 건 그 답이 옳다는 걸 확인하고 싶기 때문'이라고.[10]

현실을 뒤집는 결정적 시선이 곳곳에 있어도 우리가 그것을 잘 알아채지 못한다는 걸 작가는 안다. 바뀌려면 '다른 시선'이 필요하다. 그리스도인에게 소설을 권하지만 읽기는 쉽지 않을 것이다. 그래도 쉬운 소설, 재미난 소설부터 읽다 보면 나름 취향이 생길 것이다. 순수소설을 읽든 이것저것 골라 읽든, 어느 쪽을 택하건 소설을 꾸준히 읽으면 하나는 확실하다. 삶을 읽는 시선이 놀랍도록 깊어지고 넓어진다.

사고가 난 뒤에야 깨닫는다. 사고는 막을 수 있었다는 걸. 한데 그걸 막을 수 있었던 사람이 방심했고 또 그것을 감독할 수 있는 사람이 방심했다. 사고는 누가 잘못했을 때가 아니라 잘한 사람이 하나도 없을 때 일어난다.[11] 사고가 일어난 경로에 수백수천의 사람들이 있었지만, 그 누구도 '다르게' 생각하지 않을 때 사고는 일어나고 또 반복된다고, 소설은 삶의 의미에 무디어지는 우리를 각성시킨다.

있는 그대로 받아들이지 않는다는 것은 낯설게 읽는 것이고, 다른 것과의 연계를 살펴본다는 것은 맥락을 짚는 것이다. 익숙한 것을 뒤집어보고 맥락을 읽는 게 별거 아닌 것 같아도 그 덕분에 알게 된다. 신앙은 진리에도 의존하지만, 오류에도 의존한다는 것을. 소설은 누군가의 실패한 삶의 이야기를 통해 나를 돌아보게 하는데, 그게 마치 내가 돌봐야 할 첫 번째 사람은 바로 '나'라고 말하는 것 같다.

느끼는 게 견문이고 성장

다들 생계와 가정과 교회를 책임지느라 분주할 것이다. 먹고사는 것도 벅찬데 굳이 소설을 읽으라고 권유하는 이유가 있다. 열심히 사는 게 당연하지만 나이가 들면 '살아보지 못한 인생'에 대한 후회가 밀려오기 때문이다. 그때 때늦은 후회를 안 하려면 운동으로 노년을 준비하듯 소설 읽기를 일찍 시작해야 한다. 『리스본행 야간열차』는 누구나 멋진 삶을 꿈꾸지만 그걸 이루는 이가 적은 이유를 말해준다.

> 자기 영혼의 떨림을 따르지 않는 사람은 불행할 수밖에 없다. [12]

자기 영혼의 떨림을 따른다는 건 느낀다는 뜻인데 완독하면 이게 뭔지 느껴진다. 주인공은 스위스 베른에서 고전문헌학을 가르치는 교수이다. 어느 날 강의실을 나가 기차를 타고 떠난다. 목적지도 없고 계획도 없다. 그런 충동적인 행동이 일으킬 파문은 엄청날 텐데 그걸 실행한다. 소설은 주인공의 일탈을 다룬다. 신기한 건 소설을 읽고 나면 그 일탈이 새로운 시선을 찾아내는 작업처럼 느껴진다는 것이다.

> 격변의 시대에 가장 위험한 것은 격변 자체가 아니다. 지난 사고방식을 버리지 못하는 것이다. [13]

경영학자 피터 드러커의 말이다. 그는 기업을 두고 이 말을 했지만, 그리스도인에게도 적용 가능할 것 같다. 21세기에도 문맹자가 있는데 그는 글을 읽고 쓰지 못하는 사람이 아니다. 새로운 것을 배우려 하지 않고, 낡은 지식을 버리지 않으며, 자기 자신을 재충전하지 않는 사람이다. 개인이든 국가든 비판적 사고, 자신에 대한 성찰, 다양성을 존중하는 능력이 없으면 재앙이 닥칠 수 있다.

비판적 사고, 자신에 대한 성찰, 다양성을 존중하는 능력, 이 셋을 한 단어로 줄이라면 나는 '상상'을 고를 것이고, 이 셋이 함께 나오는 매체가 뭐냐고 묻는다면 '소설'이라고 말할 것이다. 일본의 옴진리교 사건이 예시했듯, 이것도 될 수 있고 저것도 될 수 있는 은유가 주는 다른 시선을 느끼지 못하면 재앙이 될 수 있다. 살아 있는 은유는 사물이 인식되는 방식을 근본적으로 바꿔놓기 때문이다.

시시각각 변하는 느낌, 생각, 감정, 판단, 선택이 있다. 천상병의 삶은 시가 되고 김수근의 삶은 예술이 되는 건 자신의 삶을 시와 그림으로 표현했기 때문이다. 무엇을 보며 아름답고 슬프고 깊고 놀랍고 유쾌하게 느꼈다면 그런 느낌을 준 자극이 있었을 것이다. '나'라는 존재는 그런 자극이 불러낸 느낌의 총체이다. 그런 느낌이 내 안에 쌓이면 점에서 선이 뻗어나고 색채가 뿜어 나와 한 폭의 그림을 만들어낸다.

그림에 문외한이어도 장-미셸 바스키아의 그림을 보면 놀란다. 그가 표현해낸 느낌이 신선하고 독창적이기 때문이다. 헤로인 중독으로 사망한 걸 생각하면 그의 발언—"난 그림 그릴 때 예술이 뭔지는 생각하지 않아요. 삶이란 무엇인가에 대해 생각하려 하죠."[14]—은 놀랍도록 깊다. 이런 시선은 삶에서 무언가를 느낄 때만 얻어지는 것이다. 느끼면 사유의 시선은 놀랄 만큼 확장된다.

우리는 위기를 겪고 있지만, 위기 자체는 문제가 아니다. 문제는 그것을 대하는 우리의 자세다. 변혁의 시대에 '바꾸다'의 상대어는 '유지하다'가 아니다. '바꾸거나 죽거나'이다.[15] 이제 우리에게 주어진 선택은 바꾸거나 죽거나 둘 중 하나이고, 이 중 하나를 선택하려면 반드시 소설의 주인공처럼 '심리적 죽음'(5장 참고)을 대면해야 한다. 이런 심리적 죽음을 경영학 표현으로 바꾸면 '혁신적 사고'에 가깝다.

우리는 소설에서 작가가 플롯이나 등장인물을 통해 드러내는 다른 세상, 다른 생각, 다른 시선을 보게 된다. 사회에선 사실이나 의미가 중요하다. 사실은 정보이고 의미는 맥락 속에서 부여된다. 하지만 어떤 사람들에게는 의미가 담긴 눈물이 아니라 단지 눈물 그 자체가 필요하기도 하다.[16] 소설은 그런 이야기를 한다. 그게 사소해 보여도 읽고 나면 영혼이 한 뼘쯤 자란 것 같다. 느끼는 게 견문이고 성장이다.

2장

**이야기는 보이지 않는 것을
보여준다**

소설이 우리 삶의 모든 영역에 영향을 미치는 건 이야기 형태로 전달되기 때문이다. 종래의 이야기는 문자 언어로 표현되었지만 20세기가 되면서 음악, 영상, 사이버 세계에서도 스토리텔링이 펼쳐졌다. 기존에 쓰던 '이야기'라는 단어로는 설명이 어려워지자 지금은 '내러티브'라는 용어를 쓰고 있다. 내러티브는 문자 기호는 물론 영상 언어나 음악도 포함한다. 마트 영수증도 뭔가를 의미한다면 내러티브가 된다.

　시간과 공간과 사건이 있는 소설은 내러티브의 대표 장르이다. 우리는 인지도, 독자 수, 내러티브도 자본이 되는 세상을 살고 있다. 내러티브는 세상에 의미를 부여하고 해석하면서 눈에 보이지는 않아도 사람과 사회를 움직이는 역할을 하는데, 그게 자본이 하는 일이다. 이렇게 보면 우리의 인생도 내러티브인데

문득 궁금해진다. '나'라는 책의 첫 문장을 하나님은 뭐라고 쓰셨고 챕터가 바뀔 때마다 무엇을 쓰고 계실까?

내러티브는 우리에게도 중요하지만, 영화나 소설에서도 매우 중요하다. 인물의 성장과 변화를 보여주고 이해시키는 과정을 담아내기 때문이다. '이야기'와 '내러티브'의 차이가 커 보이지 않는데 굳이 내러티브를 쓸 필요가 있을까, 의문이 들 수 있다. story에서 narrative라는 용어로 바뀌었다는 건 우리에게 사고의 확장이 폭넓게 일어났고, 이야기란 단어로 다 설명할 수 없는 뭔가가 생겼다는 뜻이다.

사고의 확장이 일어날 때마다 우리는 진보한다. 조각 〈샘〉이 있다. 마르셀 뒤샹이 1917년 소변기를 사서 뒤집은 뒤 작품으로 전시했다. 이게 엄청난 파장을 일으켰고 그 덕분에 예술이 진보했다. 바로 미술의 경계를 솜씨에서 아이디어로 넓혔기 때문이다. 미술의 경계가 넓어지자 그림과 조각에 대한 개념이 바뀌었고, 개념이 바뀌자 보이지 않던 것들이 보이기 시작했다. 하늘의 별자리가 보이는 것도 이와 비슷하다.

내러티브는 작은 사건을 통해 거대한 뭔가를 깨닫게 한다. 그게 세계관이다. 작가는 내러티브로 세계관을 구축하고, 스토리라인으로 이야기를 세우며, 스토리텔링을 통해 독자의 공감과 감동을 얻는다. 이게 성경을 관통하고 있다. 성경은 처음부터 끝까지 하나님의 치밀한 구원 계획을 이야기하고 그것을 인간이자 신인 예수 그리스도를 통해 이루어간다. 흥미로운 건 그 전개가 꼭 소설의 플롯처럼 진행되고 있다는 것이다.

이야기는 원인과 결과에 따라 만들어진 줄거리를 중심으로 전개되기에 재미가 이야기의 핵심이다. 반면 내러티브는 같은 이야기라도 그걸 재구성하고 묘사해서 들려주기에 이야기가 훨씬 극적으로 느껴진다. 내러티브는 어찌 보면 문학적 모자이크이다. 삶이 만들어내는 모자이크의 패턴은 가까이에서는 잘 보이지 않지만 몇 걸음 뒤로 물러나면 놀랍게도 큰 그림이 눈에 들어온다. 이것이 성경을 읽을 때 두드러진다.

출애굽기 1장은 소설의 첫 장

이야기는 작가와 독자 모두에게 유익을 안겨주는 양방향 소통이다. 출애굽기 같은 이야기의 본질은 이런 경험을 공유하는 데 있다. 출애굽기는 약속의 땅을 찾아 떠나는 이야기이다. 하나님은 아브라함에게 언약을 주셨다. 놀라운 건 그 언약이 손자 야곱에게 대물림되었고, 그 후 430년 뒤 2백만[17] 명쯤으로 늘어난 후손들이 아브라함의 언약을 믿고 이집트를 탈출해서 약속의 땅으로 떠난다는 사실이다.

이스라엘 백성이 언약을 믿을 수 있었던 건 '이야기'가 있었기 때문이다. 아브라함, 야곱, 요셉의 이야기가 대를 이어 전해졌는데 모세는 그런 이야기를 묶는 연결점이 되었다. 모세는 출애굽기에만 존재하는 인물이 아니다. 이야기를 알고 있는 사람들 속에선 자유롭게 이동한다. 모세가 느꼈을 감정이 느껴지는 순간, 그와 나의 관계는 '우리'라는 유대감으로 승화된다. 바로 여기에서 이야기의 힘이 나온다.

출애굽기 1장은 소설의 첫 장 같다. 인물과 배경과 사건을 소개한다. 인물은 모세, 배경은 이집트, 사건은 히브리인들이 왕조가 바뀌면서 곤경에 빠진 것이다. 그 곤경을 모세는 두 가지 이미지—그들을 위협적인 시선으로 보고 있는 새 왕, 흙을 이기고 벽돌을 굽는 중노동—로 보여준다. 이런 가운데 아기 모세가 파라오의 명령으로 나일강에 던져지고, 그의 딸[18]이 모세를 살리는 아이로니컬한 상황이 이어진다.

더 읽다 보면 요셉을 알지 못하는 이집트의 새 왕이 누구일까, 궁금해진다. 한 논문[19]에선 그를 아멘호테프 2세라고 썼는데 출애굽기에선 무명씨이다. 반면 산파 이름은 십브라와 부아라고 기록한다. 왜 산파 이름은 밝혔는데 왕의 이름을 감췄는지 이해가 필요하다. 이 장면에서 모세는 독자와 암묵적인 약속을 하고 있다. 앞으로 진행될 이야기에선 업적이 아니라 '믿음'이 이름이 기록되는 조건이 될 거라는 사실이다.

세계관이라는 게 있다. 소설이든 영화든 게임이든 이야기 전반을 그려내는 배경 설정을 일컫는 말이다. 『반지의 제왕』[20]은 용과 마법사와 요정과 초자연적 세계를 허락한다. 그래야만 신비감이 강조되기 때문이다. 이런 세계가 성경에도 곳곳에 들어 있다. 이사야는 깊은 강이 유다 땅 전체에 넘쳐흐르는 장면을 그려냈고(이사야 8:8), 요한은 붉은 말과 45킬로그램짜리 우박에 대한 환상을 그려냈다(요한계시록 6:4, 16:21).

성경에도 나오는 이런 판타지는 어떤 종류의 진리를 전달할 수 있을까, 궁금할 수 있다. 이사야가 본 강은 곧 있을 앗수르 군대의 침공을 묘사한 것이고, 계시록에 나오는 우박은 최후의 심판 때 땅이 겪게 될 파멸을 묘사한 것이다. 이 외에도 판타지에선 선과 악의 대비가 분명하다. 요즘 소설이 선악의 경계를 흐릿하게 하는 것과 달리 판타지에선 선을 매력적으로 악을 혐오스럽게 그려낸다.

성경을 읽을 땐 이런 세계관을 이해하는 게 중요하다. 지금 출애굽기 1장에서 모세는 믿음이 지배하는 세계관을 보여주고 있다. 독자가 여기에 동의하면 이 공식은 성경의 다른 모든 이야기에도 똑같이 적용된다. 이것은 판타지 소설에도 똑같다. 웹툰 〈신의 탑〉이나 게임 〈왕좌의 게임〉에서 보듯 판타지의 세부 내용은 사실적이지 않지만 인간 경험과 영적 현실을 충실하게 반영하고 있다.

'믿음'이라는 세계관은 가나안 입성 때도 똑같이 적용된다. 홍해를 지났듯이 요단강을 건너간다. 바다가 갈라졌듯 요단강도 갈라졌고 믿음의 도전도 똑같이 일어난다. 여리고 입성, 기드온 삼백 용사, 다윗과 골리앗, 히스기야의 기도, 물 위를 걷는 베드로를 보면 저절로 느껴진다. 성경은 세계관을 둘러싼 영적 싸움을 보여주고, 기존 세계를 형성했던 세계관이 성경 인물의 '믿음' 앞에서 끊임없이 뒤집힌다는 걸.

그리스 신화나 호메로스의 『일리아드』, 『오디세이』에서 인간은 신이 두는 체스판의 돌과 같다. 신들의 싸움판에서 인간은 버려지는 돌일 뿐이다. 하지만 성경의 성육신은 이런 세계관을 단번에 뒤집는다. 인간을 구원하기 위해 신이 인간이 되고 다시 희생양이 된다. 이런 것을 읽을 때 우리 내면에선 변화나 각성이 일어난다. 이게 소설에선 자기 인식과 감정적 체험으로 진행되고, 감성도 자극을 받아 더 섬세해진다.

왜 북두칠성이 보이지 않을까?

이 이미지를 사람들에게 보여준다고 가정해보자. 보자마자 '북두칠성'이라고 답할 것이지만 이걸 보고도 북두칠성을 찾아

내지 못하는 사람도 있다. 사실 북두칠성이 보이려면 일곱 개의 별을 이어가며 국자를 그려야 하고, 국자를 그리려면 머릿속에 이야기가 있어야 한다. 그리스 신화에서 큰곰자리는 제우스의 연인 칼리스토의

모습이고, 북두칠성은 꼬리 부분이어서 이야기를 모르면 북두칠성을 찾아내지 못한다.

외부인들이 아마존 부족 사람들을 모아놓고 마을 족장에게 무슨 말을 했다. 그리곤 외부인들을 일렬로 앉힌 뒤 맨 앞 사람에게 종이쪽지 하나를 건넸다. 그 쪽지는 맨 뒷사람에게까지 전달되었다. 그 마지막 사람은 족장에게 뛰어와서 무슨 말을 했고 족장이 깜짝 놀랐다. 실험자가 족장에게만 한 말을 그 사람이 똑같이 말했기 때문이다. 말을 하지 않았는데도 말이 전달되었다. 문자의 힘이다.

이 문자의 힘이 이야기다. 예수님이 부활하신 날 엠마오로 가는 두 제자가 있었다. 이들은 글로바와 마리아인데 둘은 부부이다(누가복음 24:18, 요한복음 19:25).[21] 예루살렘에서 그들의 고향 엠마오까지는 11킬로미터쯤 된다. 예수님이 동행하며 구약에 예언된 메시아에 대해 풀어주셨는데 그들의 마음이 뜨거워졌다(누가복음 24:32). 이게 소설 속 이야기가 우리에게 벅찬 감동을 줄 때 나타나는 물리적 현상이다.

북두칠성이 보이려면 반드시 내 안에 이야기가 있어야 한다. 영어 리스닝 공부도 비슷하다. 평소에 받아쓰기하며 듣다 보면 받아쓴 소리가 내 안에서 이야기처럼 저장되고, 그게 비슷한 소리를 끌어당긴다. 그래서 리스닝이 되는 것이다. 내 삶이 바뀌지 않는다면 내 안에 어떤 이야기가 있는지 살펴야 한다. 장 발장이 회심 후 유혹에 빠지지 않은 건 미리엘 주교와 한 약속이 마음에서 뿌리를 내렸기 때문이다.

성경을 읽는 게 북두칠성을 찾는 것 같다. 창세기 3장 속 타락 이야기를 읽고 나면 그 이후의 사건들이 이해되고, 그러면 어디서건 예수님을 찾아낼 수 있다. 아담과 하와의 가죽옷이 그 다음엔 아브라함의 번제와 광야의 성막과 언약궤로 구체화하고, 천 년 뒤엔 솔로몬의 성전(역대하 3:1)으로 재현되고, 다시 천 년 뒤엔 골고다의 십자가로 연결된다. 성경이 보여주는 이런 전개는 소설의 플롯과 매우 비슷하다.

소설에는 계기적 사건, 캐릭터, 플롯 포인트, 갈등과 서스펜스, 상징과 복선 등이 나오고 사건은 단일하게 흘러가지만 수시로 샛길로 빠지면서 이야기가 복잡해진다. 소설의 계기적 사건이 성경에선 아담과 하와의 타락이다. 그 후 등장하는 인물들은 갈등과 대립을 겪고 예언과 상징과 복선에 연결되며 절정을 향해 흘러간다. 지금은 절정을 지나 대단원으로 가는 중인데 이게 하나님이 써가시는 신의 플롯이다.

김연수와 레비-스트로스

출애굽기 1장의 세계관이 한 식물생태학자의 삶에도 적용된다. 『향모를 땋으며』[22]란 책에 보면 저자는 자신이 식물학자가 된 이야기를 풀어낸다. 그녀는 어릴 때부터 숲을 좋아했다.

참취와 미역취는 혼자 자랄 수도 있는데 나란히 자라는 게 신기했다. 그 비밀을 더 알고 싶어서 식물학을 선택했다. 그런데 식물학 교수는 단호했다. 그건 과학이 아니고, 그건 식물학자가 하는 일이 아니라고 잘라 말했다.

교수와 달리 저자는 식물을 대상이 아닌 주체로 본다. 나무를 '그것'이라고 부르면 이는 대상으로 본 것이다. 대상으로 부르면 나무에 톱을 대는 게 어렵지 않지만 '그녀'라고 부르면 달라질 것이다. 이런 시선으로 저자는 딸기를 바라본다. 그녀에게 딸기는 마트 상품이 아니라 자연이 준 선물이다. 딸기를 선물로 해석하면 주는 자연과 받는 사람 사이에 유대 관계가 생겨 서로를 귀히 여기게 된다.

저자의 세계관은 독특하다. 환원주의적이고 기계론적이고 객관적인 식물학에 '관계'라는 시각을 집어넣었다. 관찰자를 관찰 대상으로부터 분리하는 일을 거부하니 기존 식물학자의 귀에 안 들리던 식물의 언어가 들렸다. 바위도 웅얼거림으로 메시지를 전한다고 여긴다. 그게 낯설게 보이지만 저자는 우리가 존재의 한 면이 아니라 전체를 보는 눈을 갖길 바란다. 이게 작가의 눈이다.

저자는 농사를 짓는 일은 물질적 일인 동시에 영적인 일이라고 말한다. 이런 시각을 소설에 적용하면 읽는 일도 영적인 일이 된다. 소설의 유익 중 하나는 내가 무엇을 원하는지조차 모를 때 그걸 일깨워준다는 것이다. 나도 예외가 아니어서 우연히 김연수의 소설 『파도가 바다의 일이라면』("파도가 바다의 일이라면 너를 생각하는 것은 나의 일이었다"란 문장이 나온다)을 읽었고 이런 문장을 만났다.

> 낮과 밤은 이토록 다른데 왜 이 둘을 한데 묶어서 하루라고 말하는지. 마찬가지로 서른 이전과 서른 이후는 너무나 다른데도 우리는 그걸 하나의 인생이라고 부른다. [23]

김연수는 감성이 풍부한 작가다. 그가 쓴 『스무 살』[24]에 보면 '노을이 지는 곳까지 걸어가봤다'는 문장이 나온다. 그가 실제로 노을이 지는 곳까지 걸어가보았을지는 모르겠지만 그런 걸 상상했다는 게 놀랍다. 김연수가 가진 감성을 레비-스트로스도 가졌다. 배를 타고 대서양을 여행하던 중 그는 석양을 보게 된다. 그것을 언어로 표현하고 싶었고 『슬픈 열대』에 적어놓았다.

> 밤이 낮을 잇는 방법, 항상 동일하지만 결코 예측할 수 없는 그 방법들의 앙상블보다 더 신비스러운 것은 없다. [25]

나 같으면 '아, 멋지다'라고 감탄하며 셀카를 찍는 것으로 끝맺었을 일몰을 레비-스트로스는 다르게 읽어낸다. 그는 스물일곱 살인 1935년 2월 프랑스에서 남미로 긴 항해를 하며 일몰을

/
소설 읽는 그리스도인

봤는데 그 느낌을 열두 쪽에 걸쳐서 묘사한다. 그 느낌은 아름다운 날이 주는 선물 같기도 하고, 슬픔 같기도 하고, 자연이 빛이란 조명을 활용하여 보여주는 연극무대의 판타지 같기도 하다. 그에게 일몰은 단순히 해가 지는 게 아니다.

김연수는 작가이고 레비-스트로스는 인류학자다. 김연수는 낮과 밤이 다른데 그것을 왜 한데 묶어서 '하루'라고 말하는지, 서른 이전과 서른 이후는 너무도 다른데 그걸 왜 하나의 '인생'이라고 부르냐고 이의를 제기한다. 이럴 때 김연수는 작가보다는 인류학자처럼 보인다. 작가는 우리의 삶이나 문화의 저변에 깔린 의식의 구조를 문법적으로 분석하는데 이게 사실은 인류학자의 시선이기 때문이다.

레비-스트로스는 대표작 『슬픈 열대』, 『야생의 사고』, 『신화학』을 '구조'라는 키워드로 써냈다. 그는 문명인의 문화와 원시인의 문화가 같다고 여긴다. 문화는 나라마다 다르긴 하지만 어느 한쪽이 더 우월하거나 더 열등한 문화는 없다고 본 것이다. 이것을 입증하기 위해 그는 표면적 현상 배후에 있는 심층적 구조를 통해 이 두 문화 속에 나타나는 법칙을 찾아낸 뒤 이를 통해 다양한 현상을 읽어낸다.

레비-스트로스가 하는 일은 인디아나 존스가 성배를 찾는 여정을 닮았다. 물론 다른 점을 들라고 한다면 찾는 성배는 잔이 아니라 인간다움이다. 그는 인간을 큰 그림으로 보고 싶어했다. 인간을 이해하는 것이 인류학의 꿈이지만 그의 개인적인 꿈이기도 했다. 19세기 사람들이 야만인이라고 불렀던 남미의 원시 부족 사람들을 그가 기록하려고 애쓴 것 역시 인간을 알기 위해서이다.

작가와 인류학자로서 두 사람이 지향하는 목표는 다르다. 하지만 공통점도 있다. 두 사람 모두 인간을 알고 싶어 한다. 김연수는 인간을 '나'라는 언어적 감성으로 읽어내고, 레비-스트로스는 문화나 사회에 감춰진 구조적 틀을 통해 읽어낸다. 사용하는 도구는 달라도 새로운 감성과 새로운 사유를 발굴한다는 점에서 두 사람이 하는 일은 크게 다르지 않다.

더 놀라운 건 두 사람이 독자의 머릿속에서 만난다는 것이다. 노을이 신기할 것도 대단한 것도 아니지만 두 사람 덕분에 독자는 느낀다. 우리가 삶의 진실이라고 부르는 게 실은 얼굴에 스치는 순간의 표정일지도 모른다는 걸,[26] 노을이 보여준다. 두 사람은 인간의 내면 깊은 곳까지 내려가서 어둠 속에 앉아본 사람이다. 인간의 영혼은 그런 사람에게 종종 자신의 존재감을 드러낸다.

김윤주와 권정열

싱어송라이터 듀오 옥상달빛의 김윤주는 결혼 후 고민이 생겼다. 여자인 자신이 밥을 하고 청소를 해야 할 것 같아서이다.

하지만 두 가지 모두 안 하고 있으니 마음이 불편했다. 그래서 '미안하다. 내가 그런 걸 너무 신경을 못 쓴다'고 말했을 때 권정열이 '그걸 왜 여자가 해야 한다고 생각해?'라고 되물었다고 한다. 그때 김윤주는 심쿵했고 시간이 가도 고마웠다고 말한다.[27] 일상의 에피소드이지만 이게 이야기의 시작점이다.

가사는 도와주는 게 아니라 같이 하는 게 맞다. 요즘은 맞벌이가 당연하지만 예전엔 이렇게 생각하는 사람이 드물었다. 애초에 집안일은 성별로 분담하는 게 아니다. 이런 생각이 이야기의 옷을 입고 확산하면 공동체를 새로운 시각으로 묶는 접착제가 되고, 이 에피소드가 단편소설에 들어가면 주인공의 변화를 끌어내는 계기가 될 수 있다. 어찌 보면 당연한 말 같아도 사실은 이게 '사고의 확장'이다.

김윤주가 심쿵하고 고마웠다면 몇 초 전과 다른 사람이 된 것이다. 우리는 이를 '확장'으로 느낀다. 이런 확장이 가능한 건 그 안에 인과관계가 있기 때문이다. '왕비가 죽었고 그다음에 왕이 죽었다'는 아무 의미가 없지만 '왕비가 죽었고 왕이 슬픔 때문에 죽었다'고 하면 인과관계가 생긴 것이다. 이 인과성이 생기면 '왕이 정말로 왕비를 사랑했다'고 사고가 확장된다. 이것이 소설을 읽을 때 일어나는 현상이다.

심장발작에 이어 우울증에 걸린 사업가가 있었다. 그는 어느 날 사업에 몰입했던 게 실은 어머니의 인정을 받고 싶은 욕구에서 비롯되었다는 것을 깨닫게 된다. 이후 그는 아내와 자식들의 반대에도 불구하고 시골로 내려간다. 그곳에서 작은 상점을 열고 고물 가구를 고치는 일을 했다.[28] 이게 용기 있는 선택인데 이것은 사고가 확장되어야만 가능하다. 이것이 성경으로 이어지면 목초지 선택권을 양보한 아브라함이 된다.

아브라함이 조카 롯에게 목초지를 먼저 선택하라고 양보한 것은 사실 엄청난 사고의 확장이다. 아브라함이 양보하자 조카 롯은 주저 없이 경제적 이득(자신에게 유리한 선택)을 선택한다. 요단 땅엔 좋은 목초뿐 아니라 도시 소돔과 고모라도 있어 너무나 좋은 선택이었다. 롯은 삼촌과 오랜 시간을 함께했어도 하나님의 약속을 보지 못한다. 시야가 확장되지 않는 한, 우리는 롯과 같은 실수를 하기 마련이다.

줄리아나의 첫 등교

미국 애리조나주 마리코파 카운티에서 2021년 7월 21일 아침에 있었던 일이다. 다섯 살짜리 소녀가 유치원에 등교할 때 스무 명쯤 되는 경찰관이 출동해서 아이에게 장미꽃을 선물했다. 이들은 줄리아나 키너드에게 노란 장미를 선물하며 첫 등교를 축하했다(미국 공교육은 유치원부터 시작하기에 초등학교는 5학년이 마지막 학년이 된다). 경찰이 모인 이유가 있다. 아이의 아빠 때문이다.

아빠는 군인이었다. 아이는 아빠를 두 살 때 잃었으니 기억도 없을 것이다. 이라크전에 참전했던 아빠 조슈아는 전역 후 외상후스트레스장애(PTSD)로 고통을 받았다. 그런 가운데도 교도관으로 근무했지만, 점점 증상이 심해지면서 이상행동을 보였다. 하루는 총을 든 채 경찰과 대치하다 아빠는 결국 총에 맞아 사망했다. 그게 3년 전 일이다. 조슈아가 죽었을 때 동료들이 가족을 돕겠다고 약속했다.

줄리아나의 첫 등굣길에 카퍼레이드를 해준 건 약속의 시작이다. 첫 등교일 날 경찰, 동료, 재향군인이 모여서 축하한 것이다. 한국이었다면 가족과 동료들은 아빠가 죽은 이유를 쉬쉬하며 살았을지 모른다. 하지만 동료들과 경찰은 다섯 살 아이가 살아갈 세상을 새롭게 만들어주고 있다. 이 이야기는 감동을 주고 그 덕분에 시야가 넓어지는 경험을 한다. 이것이 소설이 하는 일이고 성경이 보여주는 시선이다.

출애굽기를 읽을 땐 가나안 땅에 도착하는 게 중요해 보였다. 그런데 여호수아서를 읽으면서 보니 진짜 종착지는 가나안이란 장소가 아니라 하나님과의 관계라는 게 느껴졌다. 출애굽기, 김윤주와 권정열, 다섯 살 소녀의 첫 등굣길이 보여주듯, 하나님과 나와 이웃은 늘 맞물려 돌아간다. 개인의 인생과 공동체가 분리된 게 아니다. 이 둘은 씨줄과 날줄처럼 맞물려 돌아가면서 하나님의 이야기를 만들어내고 있다.

소설 읽기는 새로운 생각과 부드러운 감성이 싹을 틔울 토

양을 만드는 작업이고, 세상을 감지하는 더듬이 하나를 더 갖는 일이다. 소설은 우리가 날마다 직면하는 고된 일상에 위로를 주고 동시에 자신과 타인이 살아가는 삶의 맥락을 깊이 들여다보게 만든다. 그래서 소설을 읽을수록 우리의 시야는 넓어지고 삶은 풍성해질 뿐 아니라 나를 둘러싼 세계와 하나님에 관한 계시에도 눈을 뜨게 되는 것이다.

3장

문해력이 받쳐줘야
신앙도 업그레이드된다

문해력은 글을 읽고 이해하는 능력이어서 신앙생활에선 매우 중요하다. 문해력은 세상을 살아가는 힘이고, 정보와 지식을 흡수하는 자기만의 방식이고, 범접할 수 없는 격차를 만들어내는 결정적인 한 수이다. 이런 문해력을 다들 원해도 손에 못 쥐는 건 이것이 독서를 통해서만 얻을 수 있기 때문이다. 오랜 시간 책을 '깊이' 읽은 내공을 가져야만 문해력이 주어진다. 마치 축구선수들이 겪는 일 같다.

　히딩크 감독이 한국 축구를 교정할 때 전술을 가르치지 않고 체력을 먼저 키웠다고 한다. 체력이 강해지면 어떤 전술이건 소화해낼 수 있기 때문이다. 축구를 잘한다는 건 그저 공만 차는 게 아니라 내가 원하는 선수에게 원하는 타이밍에 정확하게 공을 패스하는 것이고, 상대 진영의 공간을 읽고 빈틈을 열어

득점하는 것이다. 축구를 보면 소설을 읽는 것 같다. 프로일수록 예측하지 못한 순간 득점하기 때문이다.

문해력이 생기면 이전과는 완전히 다른 삶을 살게 된다. 언어 너머의 세계가 보이기 때문이다. 평소 우리가 기도와 말씀으로 깨어서 성령과 동행하는 삶, 빛과 소금처럼 사는 삶을 꿈꿔도 이게 말잔치로 끝나는 건, 나와 나를 둘러싼 세계를 읽는 힘이 부족하기 때문이다. 문학으로 비유한다면 '읽는 것'과 '읽고 싶다는 것'의 차이를 모르는 것이다. 한마디로 신앙의 기초체력인 문해력이 부족한 것이다.

드라마가 종영되어도 다시 찾아서 보는 시청자가 많다. 작가는 시청률에 목매지만, 사실 작가의 진짜 목적은 시청자가 드라마를 끝까지 보고, 종영 후에도 다시 보도록 시나리오를 쓰는 것이다. 정교한 플롯과 살아 있는 대사, 연기력이 중요한 건 시청자를 이야기에 빠져들게 만들고 싶기 때문이다. 소설을 읽으면 작가의 시선이 자연스럽게 터득되고, 그게 보이면 소설 속 사건이 내 일처럼 이해되고 느껴진다.

읽는 힘이 좋아지면

『장미의 이름』에서 주인공 수도사 윌리엄은 책을 읽는 눈이 없으면 서책은 그저 기호에 불과하다고 말한다. 윌리엄은 악을 세 가지—영혼의 교만, 미소를 모르는 신앙, 진리에 대한 지나친 집착—로 구분한다. 소설에선 수도사 호르헤가 이 세 가지를 가진 인물로 나타난다. 그는 그릇된 신념과 집착으로 여러 인물을 죽게 한다. 『장미의 이름』은 초반의 진입장벽만 잘 넘어서면 긴장감으로 이야기에 쭉 빠져든다.

이 소설은 정치적 사회적으로 혼란스러웠던 1300년대 초 이탈리아를 보여준다. 어둠의 시대로 불리는 중세를 들여다보는 기쁨도 크지만, 소설을 읽으며 우리가 평소에 들여다보지 않는 문제, 이를테면 '진리에 대한 집착이 왜 우리를 위험하게 만드는가'를 생각하게 된다. 윌리엄이 가짜 그리스도는 지나친 믿음에서 나올 수 있다고 보기 때문이다. 그의 시선으로 보니 해석되지 않는 게 왜 기호인지가 느껴진다.

글을 읽는 힘이 좋아지면 독서가 기도처럼 느껴진다. 미국 작가 매들렌 렝글도 이 말에 동의하며 말한다. "천천히, 천천히, 나는 기도를 듣는 것과 같은 방식으로 책이 하는 말에 귀 기울이는 법을 배우고 있다."[29] 이런 느낌을 우리는 톨스토이의 작품을 읽을 때도 받는다. 단편 〈사람은 무엇으로 사는가〉를 읽으면 사람은 사랑의 힘으로 진짜 인생을 산다는 걸 깨닫는데, 그때 우리는 다시 태어난 느낌을 받는다.

인생에 대한 톨스토이의 깊은 사유는 소설뿐 아니라 에세이 『인생에 대하여』에도 잘 나와 있다. 그는 "눈을 뜨기 전까지 꿈은 꿈이 아니며 깨어나는 순간에야 비로소 그 모든 것이 꿈이 된다"[30]라고 썼는데, 이런 문장은 그에게 통찰이 있다는 걸 보여준다. 이런 통찰은 문해력을 가진 사람만이 손에 넣는데, 그 힘이 꼭 기도 같다. 이것을 타라 웨스트오버의 회고록 『배움의 발견』을 읽으며 살펴본다.

천천히, 그리고 꾸준히

문해력을 터득할 땐 소설을 읽는 게 가장 효과적이다. 소설을 읽으며 배우면 소설뿐 아니라 일반 서적도 독특하게 읽어내는 눈이 열린다. 일반 서적은 말하고 싶은 내용을 처음부터 명확하게 제시하기에 오독이 적다. 반면 소설은 아무것도 알려주지 않는다. 그리고 뭔가를 말하지만 암시하거나 묘사해서 짜증이 나게 만들기도 한다. 그래도 천천히, 그리고 꾸준히 읽으면 세상에 맞설 문해력이 내 안에 생기게 된다.

『배움의 발견』[31] 저자는 열여섯 살까지 학교에 가본 적이 없다. 책을 읽지 않아도 인터넷에 떠도는 글을 통해 저자에 관한 기본 정보를 제법 보게 된다. 놀라운 건 저자가 열여섯이 되도록 병원이나 학교에 가본 적이 없어도 박사 학위를 받았다는 것이다. 저자는 교육이 중요하다는 걸 체감했기에 팩트로 회고록을 시작할 것 같은데 실제로는 프롤로그를 묘사로 시작한다. 묘사는 시나 소설에서 쓰는 장치인데 말이다.

① 프롤로그: 논증이 아닌 묘사

프롤로그에서 저자 곧 화자인 '나'는 헛간 옆 버려진 빨간 기차간 위에 서서 바라본 풍경을 묘사한다. 나의 시선을 통해 독자는 바람에 휘날리는 머리카락 → 산꼭대기에 부는 돌풍 → 흔들리는 침엽수 → 산쑥과 엉겅퀴들 → 세찬 돌풍과 야생 밀의 군무 → 언덕 기슭의 집 순으로 이동하면서 바라본다. 그리고 그 시선의 끝은 국도를 달리는 통학 버스가 자기 집 앞에서 멈추지 않고 지나치는 걸로 끝맺는다.

이런 묘사는 한 페이지 조금 넘게 이어진다. 그 묘사가 아주 빼어나지 않음에도 우리는 저자가 아직 시작도 안 한 이야기에 설레는데, 이게 아주 중요하다. 저자가 교육이 중요하다고 팩트부터 꺼냈다면 독자는 책을 덮었을 것이다. 그런 이야기는 자주 듣기 때문이다. 저자는 논증이 아니라 묘사부터 시작하는데, 여기에는 이유가 있다. 독자를 정서적으로 설득하기 위해서이다.

소설의 언어는 묘사와 서술로 이루어져 있다. 묘사는 가시적 세계의 이미지를 우리에게 전달하는 것이고, 서술은 인물 배경 사건과 관련된 내용을 설명하는 것이다. 서술할 때 서술자가 인물의 심리나 사건을 간접적으로 보여주기도 하고, 서술자가 자신의 목소리로 인물의 상황을 직접적으로 설명하기도 한다. 작가는 이 둘을 번갈아 사용하여 자신이 풀어내는 이야기를 독자가 찾아서 읽도록 만든다.

② 1장: 계기적 사건 다루기

1장은 어린 시절을 다룬다. 저자는 아버지를 소개하고 갈등을 언급한 다음 소설처럼 계기적 사건을 다룬다. 그건 앞으로 그녀가 풀어낼 모든 이야기의 시작점이 될 사건이다. 친할머니는 겨울이 오면 추위를 피해 따뜻한 애리조나로 가시는데 떠나기 전 나에게 제안한다. 같이 가자고 그러면 학교에 보내주겠다고. 나는 새벽 4시에 일어나 고민한다. 아침 7시가 되자 할머니는 떠난다. 나는 아버지를 택한 것이다.

차가 떠난 후 나는 침대에서 내려와 물에 시리얼을 말아 먹는다. 할머니를 따라갔다면 우유에 타 먹었을 것이다. 이게 타라의 앞일을 암시하는 시그널 같다. 이런 징후가 34쪽에 가득하다. 기차 위에서 계곡을 보지만 머릿속 필름이 돌아가지 않는다. 아버지를 선택했지만 편안하지 않은 거다. 그 불편한 마음이 황갈색 흙, 퇴색되는 산, 죽어가는 여름으로도 암시되고 시선의 방향이 바뀐 것으로도 암시된다.

프롤로그에서 나는 인디언 프린세스라고 불리는 산을 올려다본다. 하지만 1장의 계기적 사건에서 아버지를 선택한 후에는 계곡을 내려다본다. 자연스러운 일상이지만 그게 꼭 갇힌 느낌을 준다. 이런 답답한 느낌에 색의 변화도 일조한다. 프롤로그에서 바라본 야생 밀은 세찬 돌풍에 군무를 추면서 금빛을 발했다. 하지만 계기적 사건 후 산은 검은색으로 보이는데 이게 화자의 내면을 보여주는 그림 같다.

③ 2장: 엄마에 대한 단서

2장에서는 엄마를 소개한다. 엄마는 산파 일을 배우는데 두렵다. 연약하고 두려운 엄마. 어린 나는 그런 엄마를 읽고 있다. 1장의 아버지와 달리 2장에서 엄마는 전화를 설치하고 자녀들의 출생 증명서를 신청한다. 산파 일로 돈을 벌자 주도적으로 바뀌는데 그때 화자는 진정한 엄마의 모습을 보았다. 부정적인 아버지와 달리 엄마에 대해 긍정적인 단서를 남긴다. 소설이라면 이런 게 복선이다.

복선은 앞으로 전개될 사건을 미리 짐작하게 하는 것이다. 어떤 사건이 우연히 일어난 것이 아니라는 인상을 주기 위해 미리 그 사건이 일어날 가능성을 암시해두는 것이다. 1장의 아버지와 달리 2장의 엄마를 소개할 땐 긍정적으로 묘사한다. 『배움의 발견』 후반부에 보면 엄마와 오드리 언니가 화자(타라 웨스트오버)를 지켜주지 못해 사과하는 장면이 나온다. 둘은 변한 것이다. 반면 아버지는 변함이 없다.

④ 3장: 인생이 나아졌을까?

3장은 부모의 성장 과정을 다룬다. 결혼식 사진에서 본 아버지는 태평한 젊은이였다. 자신감이 넘치고, 하늘색 폭스바겐 비틀을 몰고, 요란한 색과 디자인의 양복을 입고, 두툼하고 멋진 콧수염을 기른 청년이었다. 화자는 아버지가 엄마를 집에 묶어둔 것도 이해되었다. 엄마가 읍내에서 일한 탓에, 아버지는 성미 급한 할아버지와 시간을 보내며 마음을 졸여야 했다. 이걸 저자는 설명하지 않고 툭 던진다.

이런 속사정은 엄마도 비슷하다. 외할머니가 살던 시절 부모의 죄는 곧 자식들의 죄였다. 아버지가 술주정뱅이였던 외할머니는 괜찮은 청년들에게 신붓감으론 자격 미달이었다. 외할머니가 완벽한 가정을 만들려고 애쓰고 자녀에게 옷도 단정하게 입힌 덴 이유가 있다. 하지만 그런 점잖음이 엄마는 싫었다. 엄마가 아버지를 따라 산에 온 건 반항이고 탈출이었지만 그 인생이 나아지지 않았다는 걸 화자는 읽어낸다.

화자인 나는 배움의 기쁨을 알아가고, 역사학자가 되고, 또 나다운 나를 알아간다. 늘 아버지의 시선으로 세상을 바라보던 소녀 안에 '나다운 나'로 살고 싶다는 불꽃이 있으리라고 누가 상상이나 했을까? 나약하지만 그 나약함 안에 힘이 들어 있다. 다른 사람의 마음이 아니라 자기 자신 안에서 살겠다는 확신이. 그게 바로 자기 정신에 대한 소유권을 갖는 것이다. 그 힘이 있어야 자신의 신앙도 지켜낼 수 있다.

어려운 일이 생겼을 때 견딜까 포기할까를 두고 고민할 때가 있다. 내게 맞는 직업이나 진로를 찾을 때 그 판단 기준을 무엇으로 삼아야 할지 고민할 때가 있다. 사회의 변화는 너무나 빠르게 진행되기에 우리는 변하는 것을 기준으로 삼아선 안 된다. 세월이 흘러도 변하지 않는 걸 기준으로 삼아야 우리는 실수를 덜 하게 된다는 걸 작가는 알고 있다. 그래서일까 삶을 읽는 눈을 키워주는 작가는 예언자 같다.

예언자와 작가의 공통점

후회는 문학의 단골 소재이고 성경에도 나온다. 야곱은 이집트 파라오를 만나서 '험악한 인생을 살았다'(창세기 47:9)라고 고백했는데, 이 말엔 회한이 담겨 있다. 야곱이 속임수로 축복을 받았지만, 그 대가는 참으로 컸다. 장자가 받을 복을 빼앗긴 형에서는 분노했고, 도망친 야곱은 살아생전 어머니 리브가를 만나지 못했다. 노년엔 아내 라헬을 잃었고 요셉도 잃었다. 그는 자신이 축복이 아니라 저주를 받았다고 느꼈을 것이다.

구약시대 예언자들은 사람들이 분별력을 잃었을 때 이야기로 일깨워주었는데 이게 오늘날 작가가 하는 일이다. 구약학자 월터 브루그만은 예언자를 "한 사회의 지배 문화에 적응하고 동화되어 거룩성을 상실해가는 교회를 경각시키는 사람"[32]으로 정의한다. 예언자는 지배 문화의 의식과 인식에 맞설 수 있는 대안 의식과 인식을 끌어내는데, 이런 예언자적 상상력은 새로운 감성과 언어로 대안을 찾는 문학적 상상력과 비슷하다.

시인과 예언자는 새로운 시선을 소개한다. 예언자가 그결신의 전언(예 보라 앞으로 하나님의 말씀을 듣지 못해 기갈이 올 것이다, 아모

/
소설 읽는 그리스도인

스 8:11)으로 드러낸다면, 시인은 새로운 감성과 언어로 드러낸다. 모성애는 위대하다. 시인은 이걸 꽃게의 시각으로도 읽어낸다. 안도현 시인은 등판에 간장이 울컥울컥 쏟아질 때, 꽃게는 배 속의 알을 껴안으려고, 꿈틀거리다가 더 낮게 더 바닥 쪽으로 웅크렸을 걸 상상한다(《스며드는 것》[33]).

시인이 드러내는 새로운 감성이 작가에겐 산문이고 이야기이다. 그걸 브루그만은 '절대자의 소설'이라고 부르는데 이때의 소설은 허구지만 사실보다 더 강한 힘을 발휘한다. 절대자의 소설에서 참다운 사랑과 진정한 용서는 몇 마디 말로 대신하는 기계적인 방식으로 작동하지 않는다. 죄의 용서와 은혜라는 사건은 눈물과 고난이 만들어내는 플롯을 통해서만 일어나고 하나님은 이 모든 과정에 개입하신다(예 『레 미제라블』).

삶의 플롯이 만들어내는 신앙의 문제는 늘 새로운 해석을 요구한다. 우리가 할 수 있는 일은 그런 해석을 가진 이야기를 부지런히 찾아 읽는 것이다. 헤밍웨이의 『노인과 바다』에서 우리는 84일간 물고기를 한 마리도 잡지 못한 어부를 만나는데, 그를 보면 이해할 수 없는 역경을 만난 욥이 생각나고, 소설을 읽고 나면 "인간은 파멸당할 수는 있을지 몰라도 패배할 수는 없어"라는 문장이 욥의 고백처럼 들린다.

『분노의 포도』[34]에선 톰 조드 가족이 욥처럼 보인다. 1930년대 말 경제 대공황 시대, 가뭄으로 농사를 망친 조드 가족은 어쩔 수 없이 고향 오클라호마를 떠나야만 했다. 66번 도로(미국의 동서를 이은 최초의 고속도로)를 따라 캘리포니아로 이주하는데 여정이 고달프다. 작가는 짝수 장에선 가족의 이야기를 쓰고 홀수 장에선 샛길로 빠지는데 그게 꼭 출애굽기, 레위기, 민수기, 신명기를 줌인 줌아웃해서 읽는 것 같다.

작가가 줌아웃하면 큰 그림이 보인다. 미국 사회를 부자가 어떤 방식으로 움직이고 있는지가 보인다. 캘리포니아 농장에 오렌지와 감자가 풍년이 들었고 돼지 사육까지도 잘되었다. 그러다 보니 가격이 내려간다. 가격이 내려가길 원하지 않는 농장주들은 오렌지와 감자를 불태우거나 강에 버리고 죽인 돼지엔 석회 가루를 뿌린다. 굶주린 이주자들이 가져가지 못하도록. 굶주린 이들의 분노가 소설에 배어 있다.

소설에서 작가가 줌인하는 장면이 있다. 일행이 캘리포니아로 가는 길에 휴게소에 들렀다. 잠시 쉬면서 기름을 넣는데 한 남자가 아들 둘을 데리고 들어왔다. 두 아들은 사탕을 먹고 싶어 하지만, 아빠는 그것 하나 사줄 여유가 없다. 간절한 아이 눈빛을 본 아빠가 가격을 묻고 사탕을 사서 아이에게 물려준다. 나중에 보니 아가씨가 제값을 받은 게 아니다. 그걸 아는 트럭 운전사가 후한 팁을 휴게소 아가씨에게 남긴다.

소설은 우리가 어떻게 살아야 하는지를 설명하지 않는다. 그저 우리가 주변에서 보는 그런 장면을 소설 이곳저곳에 끼워 놓는다. 수명이 다한 중고차를 가지고 사기를 치는 장면도 나오고, 또 생판 모르는 남인데도 아이가 태어났다는 소식을 듣자

저마다 선물을 하나씩 챙겨주는 장면도 나온다. 그런 게 인생이고 또 천국이라는 걸 작가가 보여주는데 꼭 계시록 속 천년왕국을 보는 것 같다.

작가를 우리 곁에 보내신 이유

하나님이 이 시대에 작가를 우리 곁에 보내신 이유가 있다. '내가 원하지 않는 나'가 되거나 '다른 사람이 원하는 나'가 되지 않도록 하기 위해서이다. 인생은 한 번이어서 실수를 피하기 어렵다. 삶의 마지막 순간에 나는 무엇을 가장 후회할까, 이런 생각만 해도 정신이 아득해진다. 인생을 다시 산다면 우리는 달라질 것이다. 이걸 아시는 하나님은 작가를 우리 곁에 보내 인생을 후회로 채울 여지를 줄이신다.

후회는 참 아픈 감정이다. 우리는 별거 아닌 일에도 순간적으로 욱해서 화를 낸다. 창피해서 곧 반성하지만 그런 일이 반복될 때면 자신이 위선자처럼 느껴진다. 후회는 그게 사소한 일이어도 삶을 피곤하게 만들고 뒷걸음치게 만든다. 하나님의 뜻은 우리가 인생의 끝을 후회(이를테면 나다운 나로 살아야 했는데, 가족이나 주변에 화를 내지 말았어야 했는데 등)로 마무리하지 않도록 하는 것인데 이게 쉽지 않다.

많은 이들이 후회할 걸 알면서도 소신대로 살지 못한다. 이런 자신의 모습에 자괴감이 든다면『레 미제라블』(전5권)을 읽어보길 권한다. 1권만 읽어도 하나님은 인간을 사랑하여 이야기를 만드셨다는 생각이 들 것이다. 소설은 신의 한 수이다. 하나님은 우리가 자기 인생에 갇혀 후회스런 삶을 살지 않게 하려고 이야기를 주셨고, 소설 인물의 삶을 통해서 우리가 놓치고 사는 게 무엇인지를 깨닫게 하신다.

위화의『인생』이나 이언 매큐언의『속죄』는 후회스러운 삶을 복기하는 이야기이다. 살아간다는 게 얼마나 강하고 슬프고 아름답고 위대한 일인가를『인생』을 읽으면 느끼게 된다. 주인공 푸구이는 노인이다. 자식과 손주를 앞서 보내고 혼자 살아남았다. 힘들게 모은 돈으로 다 늙은 소를 사서 농사를 짓는다. 한때는 부잣집 도련님으로 떵떵거리며 살았지만 가난해진 덕분에 그는 진짜 인생이 뭔지를 알게 된다.

푸구이의 인생을 읽고 나면 그가 소설 끝에서 하는 "사람은 그저 평범하게 사는 게 좋은 거야"라는 말이 다르게 들린다. 젊었을 때는 조상이 물려준 재산으로 거드름을 피우며 살았고 룽월에게 사기를 당한 뒤로는 삶이 볼품없어졌어도 그 덕분에 진짜 인생이 뭔지를 알게 된다. 위화의 이야기를 듣다 보면 느낀다. 볼품이 없어 보여도 누추한 삶은 없고, 살아간다는 건 누구에게나 위대한 여정이란 것을.

『속죄』는 복잡하고 모순투성이인 인간의 모습을 여과 없이 보여준다. 감수성이 풍부하고 비밀을 사랑하여, 글쓰기를 좋아하는 한 소녀가 삶의 소용돌이에 휩쓸린다. 자신이 본 게 진실이라고 여겼고 그래서 생각한 대로 행동했지만, 결과적으로 보면 한 쌍의 젊은 연인을 파멸로 몰아가게 된다. 『인생』과 『속죄』를 읽으면 부끄러운 삶이라도 그걸 우리가 어떻게 아름답게 바꿀 수 있는지를 알게 된다.

후회는 아픈 감정이지만 그게 꼭 나쁜 건 아니다. 후회는 삶이 조금씩 틀어져서 이를 바로 잡으려 할 때 일어나는 슬럼프 같은 것이다. 슬럼프는 언제나 열심히 산 사람에게 주어진다. 후회도 비슷하다. 후회가 주는 느낌이 힘들지만 그걸 잘 겪고 나면 뭔가로 채워진 느낌이 든다. 그게 반전의 힘이다. 유한한 삶을 사는 인간이 시간을 낭비하지 않도록 하려고, 하나님은 후회란 감정으로 삶을 중간 점검하게 하신다.

소설은 결과가 나빴어도 그걸 경험이 되게 하고, 실패를 교훈 삼아 우리가 자신을 성찰하도록 도와준다. 완벽한 인생을 사는 사람은 없기에 복기만 잘한다면 실패한 인생도 그리 나쁘지 않다는 걸 알게 된다. 오늘의 삶은 지금껏 한 선택의 결과이므로 이런 결과가 후회된다면 분명 이전 어딘가에서 실수가 있었을 것이다. 그 선택의 순간을 찾아 복기하는데 그때 인간에 대한 작가의 이해가 깊이로 드러난다.

소설의 깊이는 인간에 대한 이해

　문학에서 작품의 깊이는 인간에 대한 작가의 이해가 결정한
다. 소설『포이즌우드 바이블』[35]은 콩고 선교사 이야기이다. 작
가는 이곳이 가난한 나라가 아니라 가난한 자의 나라이고, 외
부인들이 콩고 사람들을 탐욕스럽고 비효율적이라고 말하지만
그렇게 살지 않으면 일찍 죽게 된다고 말한다. 또 우리는 백 년
인생을 자랑하지만 작가는 그걸 두고 하나님이 우리에게 스스
로를 벌할 만큼의 생을 주신 거라고 한다.

　소설에서 등장인물은 "나의 운명은 콩고와 함께 던져졌어"
라고 외치는데 그게 꼭 『파친코』의 첫 문장("역사는 우리를 저버렸지
만, 그래도 상관없다") 같다. 1959년 네이선 목사가 아내와 세 딸을
데리고 아프리카 콩고의 영혼들을 구하려고 떠났다. 기대와 달
리 선교사 가족은 현지에서 충격과 혼란을 겪어야 했다. 콩고
아이들은 날마다 몰려와 먹을 것과 물건을 구걸한다. 선교사 가
족도 찢어지게 가난한데 말이다.

　놀이도 전혀 달랐다. 콩고에선 아이들이 숨바꼭질하며 놀지
않았다. 먹을 것 찾기, 독 있는 나무 식별하기, 집 짓기를 하면
서 놀았다. 마을의 소녀들은 모두 장작 패기와 물, 또는 아기들
을 들고 나르느라 바빴고, 소년들은 서로에게 총을 쏘는 장난을
하며 놀았다. 소년들은 신발도 신지 않았고 온몸에 상처와 흉터
가 덮여 있다. 작가는 그들의 피부를 삶의 모든 슬픔이 새겨진

일종의 지도라고 말한다.

소설의 구성도 독특하다. 소설은 일곱 권으로 구성되어 있고 권마다 제목을 붙였다. 그중 1권은 창세기, 2권은 요한계시록, 3권은 사사기, 5권은 출애굽기이다. 성경의 예언과 파멸을 다룬 구절이 소설의 전개와 조화를 이룬다. 매력적이고 서정적이고 사실적이어서 분명 허구인데 읽다 보면 콩고 선교사 가족이 실제로 겪었을 아픔 같고, 또 곁줄기로 왜 아프리카에선 그렇게 분쟁이 많은지 이유를 알게 된다.

소설을 읽으면서 우리는 겸손과 인간다움을 배우고 동시에 내 안의 어둠과 그늘을 보게 된다. 고난이 사람을 고상하게 만들지는 않지만 그걸 겪지 않았으면 결코 몰랐을 무언가를 소설은 일깨워준다. 사랑과 미움, 기쁨과 슬픔, 혐오와 수치심, 분노와 앙갚음, 환희와 우울을 일부러 체험하는 사람은 없겠지만 소설을 읽으면 성경 인물 역시 이런 것을 겪으며 성장하기도 하고 넘어지기도 했다는 걸 느낀다.

소설은 다양한 인간의 감정들(분노, 질투, 미움, 슬픔, 거만, 사랑, 두려움, 후회, 탐욕, 존엄 등)이 우리의 내면에 거대한 군상처럼 우뚝 서 있다는 걸 보여준다. 이런 감정은 죽은 게 아니라 활화산처럼 살아 있어 가끔 지각변동을 일으켜서 분노가 터지면 〈리어왕〉이나 『청부 살인자의 성모』[36] 같은 이야기가 되고, 걸음마여도 진실을 향해 용기를 내면 『앵무새 죽이기』 같은 이야기가 된다는 걸 보여준다.

소설이 드러낸 의미

소설은 언제든 일어날 개연성이 큰 사건과 인물을 다루고, 누구나 다 아는 것 같지만 막상 파고들면 제대로 아는 사람은 없는 그런 세계를 다룬다. 인간을 다루지만, 그 인간에게서 뭘 보는가가 작가의 역량이자 한계다. 다들 인생이 짧다고 말하지만, 인생만큼 긴 것도 없다. 소설은 긴 인생을 버틸 힘을 주는데 독자는 소설이 의미하는 걸 아는 데서 멈추지 말고 그 의미를 어떻게 드러내는가도 읽어야만 한다.

① 노인과 바다

작가는 자신이 뭘 말하고 싶은지 알고 있다. 그걸 사건으로 말하기도 하고 인물로 말하기도 한다. 정유정의 스릴러소설이라면 사건이 인물을 끌고 갈 것이고, 『제인 에어』 같은 순수소설이라면 인물이 사건을 끌고 갈 것이다. 어느 쪽을 선택하든 작가는 독자에게 강렬하게 느껴질 장면을 만들고 싶어 한다. 문제는 그 장면이 무엇이고 또 그걸 어떻게 드러내는가인데 이게 작가의 역량이다. 헤밍웨이는 성공했다.

그의 소설엔 기독교적 상징이 있다. 어부는 바다로 나가는데 그게 광야로 가는 선지자 같고, 청새치를 잡느라 두 손이 상처투성인데 그게 예수님의 손 같다. 그가 청새치와 싸운 사흘간도 의미 깊고, 상어 떼와 싸움을 끝낸 후 항구로 돌아오는 모습은 부활 같다. 또 청새치는 우리가 붙잡고 싶은 물질적 가치를, 상어는 불의나 악을, 사자 꿈은 영원한 승리를 보여주는 것 같아 소설이 꼭 『천로역정』을 읽는 것 같다.

소설 중간부에 보면 작가는 어부가 청새치를 잡으려고 애쓰며 상어 떼와 싸우는 장면을 생생하게 묘사한다. 그게 꼭 타락한 세상에서 희망과 구원을 지켜내려고 애쓰는 그리스도인의 모습 같다. 어부는 뼈만 남은 청새치를 갖고 귀환한다. 다음 날 아침 거대한 물고기 뼈를 본 사람들은 어부를 다시 믿게 된다. 그 모습이 꼭 역경을 딛고 얻어낸 승리, 희망과 믿음이라는 가치, 은총의 획득을 보여주는 것 같다.

어부는 지친 채 잠들지만 사자 꿈을 꾼다. 사자 꿈은 어떤 고난에도 자신의 의지를 잃지 않는 걸 상징한다. 도입부에서 어부가 사자 꿈을 꾸지만 소설 끝에서 보는 사자 꿈은 같은 꿈이지만 다르게 느껴진다. 그게 어부에게 주는 위로이자 면류관처럼 느껴진다. 어부는 최선을 다했으나 상어와의 싸움에서 패한다. 상어 떼와 힘겨운 싸움을 여섯 번이나 하는데 그때 하는 혼잣말이 인상 깊다.

인간은 파괴될지언정 패배하지 않는다. [37]

이 말을 읽을 때 가슴이 웅장해지는 이유는 뭘까? 어부 산티아고가 보여주는 삶이 바로 그리스도인이 꿈꾸는 삶과 닮았기 때문일 것이다. 어부는 무려 84일이나 허탕을 쳤다. 무엇이 어부에게 그 긴 시간을 버텨내게 했을까? 85일째 물고기를 사흘이나 씨름해서 겨우 낚았는데 이번엔 상어 떼가 덮쳤다. 결국 모든 고생이 헛수고가 되고 이야기는 빠르게 종결된다. 어부는 자신의 불운을 담담하게 받아들인다.

어부는 뼈만 남은 청새치를 배 옆에 묶고 항구로 돌아온다. 사람들은 5.5미터나 되는 크기에 놀라고 어부는 지쳐 잠이 든다. 이런 모습을 가만히 상상하면 인생은 공평하지 않고 또 자주 실패할 거라는 게 느껴지고, 삶에는 신학으로도 설명하기 쉽지 않은 뭔가가 있다는 게 보인다. 부조리한 세상을 살며 때론 패배하더라도 끝까지 싸워야 한다고 우리가 설교로 듣지만, 소설을 읽고 나면 그 말이 뼛속까지 느껴진다.

② 연금술사

사람들은 자신이 누구이고 또 무엇을 원하는지 알고 있을 것 같지만 실제론 그렇지 않다는 걸 『연금술사』[38]가 보여준다. 양치기 산티아고는 피라미드에서 보물을 찾는 꿈을 꾼다. 여행을 떠나면서 그는 무언가를 간절히 원하면 결국 그걸 얻게 된다는 것을 배운다. 원하는 것을 얻는 데서 그치지 않고 자신에게 진짜 소중한 것이 무엇인지를 덤으로 배우는 과정이 소설이 들려주는 이야기다.

소설의 플롯이 가르쳐주듯 산티아고는 보물을 찾겠다는 의

욕은 넘쳤어도 사기꾼을 만나 양을 팔아 마련한 경비를 다 잃게 된다. 실의에 빠져 낙심했지만, 다행히 그가 다시 가게에서 일하면서 고향으로 돌아갈 경비를 벌게 된다. 문제는 그다음이다. 그는 고민한다. 피라미드를 찾아가는 모험은 지금이 아니면 할 수 없다는 걸 느낀 것이다. 소설은 이 순간을 놓치지 않고 주인공의 시선으로 이야기를 풀어간다.

굳이 『연금술사』를 언급하지 않아도 우리는 산티아고가 선택한 인생을 그저 부럽게 바라보는 사람들이 많다는 걸 안다. 문을 열고 나가면 경이로움 가득한 세상이 기다리고 있지만 그걸 열지 못한다. 그 문 위에 '이 문을 열면 조금의 재산을 얻지만, 열지 않으면 많은 재산을 얻을 수 있다'라고 쓰여 있었기 때문이다. 소설의 주인공은 전자를 선택하지만, 우리 중 다수는 후자의 삶을 선택하여 살아간다.

『연금술사』에서 작가는 행복은 이 세상에 존재하는 모든 아름다운 것들에서 얻을 수 있지만 동시에 숟가락에 담긴 기름 두 방울도 잊지 않는 데 있다고 말한다. 기름 두 방울은 작고 사소해서 무시하기 쉬운 것이다. 기름 두 방울은 나약함을 뜻하는 은유지만 인간에 대한 예의일 수도 있다. 그 기름 두 방울을 챙기지 못해 얼마나 많은 이가 행복을 놓치고 사는지를 소설도 보여주고 성경도 보여준다.

③ 타이타닉

1912년 4월 15일 북대서양에서 발생한 선박 침몰 사고는 하나의 사건 정보다. 하지만 레오나르도 디카프리오와 케이트 윈슬렛을 통해 본 영화 〈타이타닉〉(1997)은 살아 있는 이야기가 된다. 이 이야기는 늙지도 죽지도 않는 살아 있는 존재가 되어 시대가 바뀌어도 살아남을 것이고, 사람들은 이 영화를 보면서 사랑이 무엇인지를 마음에 새기게 될 것이다. 소설은 영화처럼 사람이 꼭 들어야 하는 메시지에 생명을 불어넣는 작업이다.

영화 〈타이타닉〉이 보여주듯이 오랫동안 굳어진 생각을 단번에 깨는 힘, 그게 이야기이다. 이 시대 작가는 예언자이자 연금술사이다. 그가 창조해낸 이야기는 독자에게 감동을 주는 편지고, 타인과 소통하는 공감 능력을 키워주는 힘이고, 새로운 해결 방안을 도출하는 아이디어 뱅크이다. 작가는 인간의 경험과 지식과 욕망을 이야기로 만들어내는데 이게 나와 세상을 새로운 관점으로 바라보도록 만든다.

소설 속 이야기는 우리 안의 편견을 단번에 깨어버린다. 이게 가능한 건 관객이 '더 나은 세상'을 상상하기 때문이다. 이야기는 엄청나게 복잡한 설득 작업을 단순화하고 덤으로 재미까지 더하지만 하나가 더 있다. 이야기는 초월성에 대한 목마름, 거룩한 존재에 대한 그리움을 채워준다. '아, 좋다'는 느낌과 함께 뭔가가 휘저어진 미묘한 느낌이 영화를 보거나 소설을 읽을 때 드는 건, 이 때문일 것이다.

우리에게는 이야기 샘이 있다

'달콤쌉싸름, 불멍, 쪽빛 바람, 이야기꽃' 같은 단어를 마주하면 떠오르는 이미지가 있다. 느낌으로 먼저 이해되는 이런 단어들이 뒤섞인 소설을 읽고 나면 빈손이어도 다 가진 듯하고, 분명 피곤했지만 어느 순간 눈이 시원해지는 느낌을 받는데, 그런 느낌은 어디에서 오는 것일까? 영화이든 소설이든 이야기가 주는 행복한 느낌이 있는 걸 보면 하나님은 인간의 내면 어딘가에 이야기 샘을 파놓으신 게 분명하다.

우리 내면에는 분명 샘이 있는데 이게 가끔 막히기도 한다. 고난이나 슬픔으로 막히기도 하고 스트레스나 정서적 허기로 막히기도 한다. 샘이 막혀가면 우리는 본능적으로 여행을 떠올린다. 여행은 지루한 일상에서 잃어버린 감성을 가장 빠르게 되찾는 방법인데 소설은 여행이 주는 그런 발 빠른 만족감을 준다. 여기에 더해 완독하고 나면 힘든 일과를 잘 마무리했을 때 오는 느긋한 행복감이 느껴진다.

수련이란 꽃이 있다. 수련은 연못 물 위에 피지만 한자는 물 수(水)가 아닌 잠들 수(睡)를 쓴다. 활짝 벌어진 꽃보다 꿈꾸는 듯한 모습을 표현한 감성이 수련(睡蓮)이란 이름에 묻어 있다. 이런 감성을 느끼며 사는 게 필요하다. 이 감성을 잃어버리면 우리는 그리스도인의 삶을 기쁨이 아니라 의무로 살게 된다. 감성이 부족하면 좋은 그리스도인이 될 수 없다. 감성을 개발하지 않는 신앙은 삶을 메마르게 한다.

누군가와 대화를 나누었는데 따뜻한 뭔가가 느껴진다면 그건 참 행복한 일이다. 그걸 기도와 성경 공부와 예배와 헌신을 통해서도 느끼겠지만 가끔은 소설 읽기를 통해서도 경험해보길 바란다. 작가는 모두가 알고 있지만, 누구 하나 표현하지 못한 것을 소설로 풀어낸다. 헤밍웨이의 『노인과 바다』를 읽고 나면 이런 생각을 한다. 나도 사자 꿈을 꾸고 싶다. 황혼 속에서 마치 새끼 고양이처럼 뛰어노는 사자 꿈을.

속사람의 활성화

내가 다니엘처럼 산다면 어떤 일이 일어날까, 가끔 이런 상상을 한다. 다니엘은 동시대의 그 누구도 경험하지 못하는 걸 경험한다. 느부갓네살 왕의 꿈 내용을 듣지도 않았는데 이미 알았고 또 해석했고, 벨사살 왕 때에는 사람의 손이 나타나 벽에 쓴 글의 뜻도 알아냈다. 분명 초월적인 능력이지만 그런 능력이 삶의 영역으로 들어오면 그게 문해력이지 않을까 싶다. 인간에게는 언어 너머의 것을 보는 능력이 있기 때문이다.

인간의 뇌는 참 신비롭다. 뇌에는 1,000억 개가 넘는 신경세포가 복잡한 네트워크를 통해 정보를 교환하고 그 결과 생각이 탄생한다. 생각은 내면의 세계관에서 나오지만 생리적으론 뇌 신경 세포 간의 움직임이다. 신경 세포는 짧게는 1cm 미만부터 길게는 10cm에 이른다. 신경 세포는 두 개 이상의 뉴런으로 구성되고 뉴런과 뉴런 사이를 연결하며 신경전달물질의 통로 역할을 하는 부위가 시냅스이다.

『노인과 바다』에서 어부가 사자 꿈을 꾸는데 우리가 소설을 읽을 때 자극을 받으면 뇌는 사자 꿈을 특별하게 기억하게 된다. 뇌를 분석한 학술 논문에 따르면 우리의 뇌는 묘사와 암시와 비유가 풍부한 글을 읽을 때 가장 활성화된다고 한다. 소설을 읽을 때 뇌에 주어지는 자극이 커서 독자는 공감 능력이 높아지고 세밀하게 읽게 된다. 이게 결국 문해력을 높여서 깊이 있는 생각을 가능케 한다.

문해력이 그리스도인에게 중요한 능력이라는 것은 다니엘만 봐도 알 수 있다. 문해력이 좋아지면 성경을 읽을 때 들려오는 하나님의 음성을 정확히 들을 수 있다. 책을 가까이하면 겉모습은 노화되어도 뇌와 속사람은 새로워지게 되어 있고, 뇌가 새로워지면 우리는 한 알의 모래알에서 세계를 보고 한 송이 들꽃에서 천국을 보는 상상력을 잃지 않을 것이다. 이게 그리스도인에게 소설이 필요한 이유이다.

4장

그리스도인에게 소설이 필요한
현실적인 이유

우리는 뭐가 궁금할 때 그걸 깔끔하게 정리한 정보를 찾아 쓰는 데 익숙하다. 교양서는 그래도 낫지만, 경영서나 자기 계발서를 읽으면 정보를 떠먹여준다는 느낌을 받는다. 그만큼 쉽고 정확하고 유익하다. 반면 소설은 불친절하다. 독자가 원하는 정보를 떠먹여주지 않는다. 챕터마다 정보를 주긴 하지만 빈약하다. 작가의 불친절이 억울해도 소설을 읽는 것은 독자 자신이 서사의 방아쇠를 당겼기 때문이다.

작가와 독자의 밀당이 시작되면 작가는 사건의 진행 속도에 맞춰 주인공과 사건에 대한 정보를 배분한다. 독자는 작가가 주는 빈약한 정보나 단서를 모으면서 인물 관계도를 머릿속으로 수없이 그리고 지운다. 이 과정에서 독자는 정보를 친절하게 줬다면 결코 보지 못했을 뭔가를 보게 된다. 그걸 찾는 게 꼭 마피

아 게임 같고 1,000개짜리 피스 퍼즐을 맞춰가는 것 같아 긴장
되니 아드레날린이 솟구친다.

어쩔 수 없는 인간

선박이 빙산과 부딪혀 침몰한 사건은 팩트이다. 하지만 영
화 〈타이타닉〉 속 연인의 사랑은 허구이다. 그런데도 우리는 그
사랑이 실제로 있었던 일이라고 느낀다. 『네루다의 우편배달
부』에 보면 엄마의 감시에도 불구하고 두 남녀가 몰래 만난다.
소녀는 식당에서 서빙하다가 애인이 기다리고 있는 것을 전해
듣고 어구 보관 창고로 간다. 소녀의 목에 입을 맞춘 순간 열일
곱 살 마리오는 '영원'이 무엇인지를 깨닫는다.

이런 걸 느끼는 게 신앙생활과 무슨 상관이 있을까 싶지만,
있다. 그리스도인인 동시에 인간이기 때문이다. 우리가 거룩한
신념을 갖고 고민할 것 같지만 그런 일은 드물다. 대개는 저급
한 욕망과 싸울 때가 많다. 이걸 인생도 보여주고 소설도 보여
준다. 소설 속 인물은 모두 치기 어린 욕망과 싸운다. 지기도 하
고 이기기도 하는데 다 읽고 나면 소설 속에도 구원의 요소가
들어 있는 게 보인다.

『천국의 열쇠』를 읽으면 케노시스 신앙(빌립보서 2:5~8)도 보이
지만, 인생이 채우는 것이 아니라 비우는 것이라는 것도 알게

된다. 소설은 이것을 치점 신부와 안셀모 밀리 신부의 삶을 대조시키며 보여준다. 둘은 같은 마을에서 자라 나란히 신부가 되었지만 걸어가는 신앙의 길은 확연하게 다르다. 치점은 내려가는 길을 택하지만 밀리는 올라가는 길을 택한다. 천국의 열쇠는 둘 중 누구에게 주어질까?

소설을 읽으면 치점 신부가 걸어가는 신앙의 삶이 아름다워 보인다. 하지만 실제로 그렇게 사는 삶은 힘들고 고달프다. 소설 끝에 보면 치점 신부 곁엔 아이 하나뿐이다. 반면 친구인 밀리 주교 옆에는 젊은 신부들이 많다. 『레 미제라블』에도 이와 비슷한 상황이 묘사되어 있다. 미리엘 주교 곁에는 젊은 신부들이 없다. 추천사를 받거나 좋은 교회로 영전할 기회는 고사하고 자신을 희생해야 하기 때문이다.

우리가 고결한 삶을 꿈꿔도 왜 그렇게 살아내지 못하는지를 작가는 소설로 풀어낸다. "사랑은 오래 참고 사랑은 온유하며 시기하지 아니하며…"라는 고린도전서 13장을 읽으며 다들 아멘 할 것이다. 우리는 『독일인의 사랑』[39]이나 『러브 스토리』[40]에서 다룬 지고한 사랑을 꿈꾸지만 실제로 우리의 사랑은 충동적이고 비도덕적이고 순수하지 않다. 『채털리 부인의 사랑』이나 『데미지』에서 보듯.

소설은 우리가 살아가는 모습을 있는 그대로 드러낸다. 잘 사는 이도 있고 서툴게 사는 이도 있다. 어느 쪽이건 그렇게 살게 된 원인이 있을 것이다. 그게 아픔이나 상처, 상실이나 고통일 수 있다. 삶의 무게가 버거울 때 소설은 무언가를 하나씩 버려보라고 말한다. 그게 기억이든 슬픔이든 책임감이든. 버리지 못해 힘들었어도 막상 버리고 나면 내가 그것 없이도 살아갈 수 있다는 걸 깨닫게 된다.

소설 끝에서 우리는 그런 선택을 한 주인공을 만난다. 선택한 뒤에도 주인공은 여전히 어쩔 수 없는 인간이지만 그래도 바뀐 게 하나 있다. 자신이 누구인지 드러내는 걸 겁내지 않는다. "내가 한 것보다 더 나쁜 짓을 한 사람은 거의 없다." 루소가 한 말이다. 아우구스티누스는 『고백록』[41]에서 자신이 한 불순한 생각, 후회되는 일 등을 솔직하게 밝힌다. 이런 고백은 그들이 빛나는 삶을 산 증거이다.

고된 한 주를 버티게 한다

우연히 어떤 노래를 듣고 위로를 받은 경험이 있을 것이다. 소설은 노래와 비슷하다. 누군가에게는 그저 재미있는 일탈이지만 다른 누군가에겐 한 주를 버티게 해주는 힘이 된다. 소설은 인생곡 같고 〈포레스트 검프〉(1994) 속 깃털 같다. 깃털이 천천히 날아 길 건너 벤치에 앉은 검프(배우 톰 행크스)에게 가닿으며 영화는 시작된다. 이게 우연 같아도 영화가 끝나고 나면 검프의 이야기가 실화처럼 느껴진다. 내가 변한 것이다.

소설의 공식은 간단하다. 어떤 인물이 어려움 속에서 뭔가를 성취하려고 애쓴다. 그 과정에서 갈등과 위기를 겪지만 결국 문제를 해결한다. 이게 시나리오에선 '도전(1막) → 투쟁(2막) → 해결(3막)'로 진행되고, 주인공은 유충에서 나비로 변신한다. 이게 〈타이타닉〉이라는 러브 스토리에도 나오고, 『양들의 침묵』 같은 스릴러물에도 나온다. 물론 이것은 요셉 같은 성경 인물의 삶뿐 아니라 우리들의 삶에도 나온다.

소설이든 현실이든 산다는 건 쉽지 않다. 그런 힘겨움이 렘브란트의 자화상에도 나타나 있다. 말년에 그린 자화상에 보면 궁핍함이 눈에 띈다. 피부는 푸석푸석하게 부어 있고 얼굴엔 여유가 없다. 화가는 죽을 때 화구 몇 개와 옷 몇 벌만 남겼을 정도로 재정적으로 어려웠다. 그런데도 자신을 가리거나 미화하지 않았다. 〈돌아온 탕자〉나 그가 남긴 자화상을 보면 우리는 그를 버티게 해준 힘이 뭔지를 느낀다.

가난했어도 자신을 당당하게 표현한 힘은 무엇이고 그건 어디에서 오는 것일까? 다들 힘들면 음주로 '할 수 있다'고 자기 최면을 거는데 렘브란트는 달랐다. 그는 그림에 혼을 불어넣었다. 그것은 자신이 하는 일이 뭔지를 알고 또 자신을 신뢰할 때만 일어나는 일이다. 그림이건 글이건 자신이 하는 일을 신뢰하면 하나는 확실하다. 그 작업을 할 때 전율이 느껴질 정도의 희열이 터진다. 그게 터지면 나를 감추지 않는다.

『노인과 바다』나 〈타이타닉〉이 보여주듯이, 인간은 벼랑 끝에서도 삶의 희망을 찾고 싶어 한다. 영화든 소설이든 내가 좋다고 느낀 이야기에는 반드시 나의 일부로 느껴지는 뭔가가 있다. 그런 이야기를 되새기며 우리는 자신과 세상을 알아간다. 삶에 찌든 우리를 위로하고 격려하고 일깨우는 건 작가들의 전문 분야이다. 그들의 이야기는 막연한 듯해도 희망적인 뭔가를 주는데 그게 꼭 정답처럼 느껴진다.

세상을 보는 새로운 시각

소설은 친숙한 것들을 낯설게 하는데 그 방법은 새로운 정보를 제공하는 게 아니라 새로운 관점을 끌어내는 것이다. 하지만 여기엔 위험이 도사리고 있다. 새로운 관점을 알게 되어 정신이 깨어나면 절대로 예전의 모습으로 돌아갈 수 없다. 이런 자기 인식 곧 각성은 분명 자신의 부족함을 알게 해주지만 동시에 엄청난 희열도 솟구치게 만든다. 이것이 바로 사람들이 이야기가 주는 매력에 빠지는 이유이기도 하다.

새로운 시각은 거창한 게 아니다. 돈이 되는 집, 잘 팔릴 집을 사야 한다고 열을 올리는 부동산 전문가들이 유튜브에 가득하다. 하지만 자기만의 집을 짓는 사람도 있다. 건축주 박진성 씨는 다섯 가지(디즈니 영화 속 노이슈반스타인 성, 마징가 Z의 비밀 기지, 서부영화 〈역마차〉[42]에 나오는 돌집, A. J. 크로닌의 『성채』[43], 소로의 『월든』[44])

이미지를 바탕으로 집의 밑그림을 그렸다. 세상 어디에도 없는 자기만의 집 아이디어이다.

소설을 읽는 건 자기 집을 짓는 것과 비슷하다. 자기 집을 지어본 사람은 고개를 절레절레 흔들 정도로 힘든 경험을 한다. 이 힘든 경험이 실은 통찰이다. 이언 매큐언의 『암스테르담』[45]에 이런 문장이 나온다. "모두가 고개를 끄덕였지만, 아무도 동의하지 않았다." 교회라면 설교를 들으며 다들 아멘 했겠지만, 그 속내는 다를 수 있다는 걸 이 문장이 보여준다. 이런 경험이 쌓이면서 새로운 시야가 열린다.

소설『설계자들』은 한 창녀의 이야기를 들려준다. 역겨운 사창가가 싫었지만 다시 돌아갔다. 세상 밖으로 나가는 게 두려웠기 때문이다. 나이 겨우 스물한 살인데 말이다. 그곳에 돌아가면 오래 버티지 못한다는 걸 여자는 알고 있었지만 돌아갔다. 우리 역시 싫지만 비슷한 이유로 직장을 떠나지 못할 때가 있다. 김훈은 그걸 '밥벌이의 지겨움'[46]이라고 부른다. 이것을 떨치려면 잠시라도 다른 사람이 되어보아야 한다.

소설『천 개의 찬란한 태양』[47]에서 주인공은 『설계자들』의 콜걸과 다른 선택을 한다. 그녀는 탈레반을 피해 애써 도망쳐 나온 카불로 아이들과 함께 돌아간다. 소설의 주인공처럼 자신에게 불리한 선택—죽는다는 것을 알면서도 죽음의 길을 가고, 진다는 것을 알면서도 지는 쪽을 선택하고, 세계 7대 난제를 풀었으나 상금을 거부한 것[48]—을 할 때, 세상은 달라진다. 그것을 요한복음 12장 24절은 이렇게 표현한다.

> 한 알의 밀이 땅에 떨어져 죽지 아니하면 한 알 그대로 있고
> 죽으면 많은 열매를 맺느니라

요한복음의 말씀이 경고하고 또 작가들이 소설에서 이야기하듯이 죽는 게 무서운 게 아니다. 진정으로 무서운 건 제대로 살지 못하는 것이다. 나다운 나로 살려면 가끔이라도 자신의 감정을 들여다보아야 한다. 그걸 하는 사람과 하지 않는 사람의 인생은 확연히 달라진다. 이걸 살피는 데 게을러지면 어둠의 일부가 된다. 어둠의 일부가 되지 않으려면 우리는 소설을 읽으며 자기를 지키려고 해야 한다.

어둠의 일부가 되지 않도록

문학평론가 신형철은 『슬픔을 공부하는 슬픔』에서 어둠의 일부가 되지 않으려면 공부해야 한다고 썼는데 이것이 소설을 읽어야 하는 또 다른 이유 같다. 『모비 딕』, 『7년의 밤』, 『아연 소년들』, 『죄와 벌』, 『어둠의 핵심』 같은 작품을 읽으면 느낀다. 빛이 있는 곳엔 그림자가 있고, 그 그림자는 누군가의 삶에선 오랫동안 머물면서 슬픔을 만들어내는데, 소설은 그 슬픔을 마지

막 한 방울까지 맛보게 한다고.

입김은 찬 것을 녹이지만 뜨거운 걸 식게도 한다. 눈물은 우리를 감동하게 하지만 때론 우리를 얼어붙게도 한다. 빛과 그림자가 한 몸이듯이 빛과 어둠도 한 몸이라는 걸 나는 나를 보면서 느낀다. 당신은 뒤끝이 없다고 변명할지 모르지만 그건 자신의 감정 쓰레기를 누군가에게 쏟아부었기 때문일 것이다. 신형철은 그걸 이렇게 표현한다. 늘 참지 않는 사람은, 늘 참는 사람이 참고 있다는 것을 모른다고.

이런 통찰은 우연히 얻어지는 게 아니다. 인지의 충격을 받아야 얻어진다. 그러려면 내 안에 그것이 작동할 조건이 준비되어야 하는데 그게 결핍이다. 이 결핍을 성경은 '목마름'(마태복음 5:6; 요한복음 7:37)이라고 말한다. 목마름은 진리에 대한 갈망일 수 있고 자신의 민낯에 대한 부끄러움일 수 있다. 어느 쪽이건 목마름을 규칙적으로 느끼면서 살아야 우리는 어둠의 일부가 되지 않는다.

미국에 사업가 실번 골드만이 있었다. 슈퍼마켓을 운영했는데 고민이 많았다. 고객들이 바구니가 가득 차면 더 이상 물건을 사지 않았다. 이유는 간단했다. 무거운 장바구니를 든 채 계산대 앞에서 줄을 서야만 했기 때문이다. 1937년, 그는 손재주가 있는 직원과 함께 쇼핑 카트를 만들었다. 카트가 만들어지자 고객은 더 많은 물건을 거침없이 샀고 골드만은 돈을 벌어 사업을 확장하게 되었다.

쇼핑 카트는 정말 편리한 도구이다. 아이를 데리고 있더라도 좌석에 태우면 힘들지 않게 쇼핑할 수 있고, 주차장까지도 쇼핑한 물건을 편하게 옮길 수 있다. 이렇게 편리한 쇼핑 카트를 두고 나쁘다고 생각하는 사람은 없을 것이다. 하지만 냉장고처럼 쇼핑 카트 역시 우리를 소비자로 만들어서 내게 필요한 것 이상을 거침없이 사고 소비하게 만든다. 바로 이게 어둠이고 소설이 주시하는 대목이다.

쇼핑이든 소설이든 성경이든 공부하는 것보다 중요한 것은 그것을 읽어내는 시각이다. 나는 작가들이 그리스도인보다 삶을 읽어내는 눈이 뛰어난 게 부럽다. 『불편한 편의점』에서 작가는 삶은 관계이고 관계는 소통이기에 내가 내 옆에 있는 사람과 마음을 나누게 되면 행복은 저절로 밀려온다는 것을 보여준다. 이런 작은 시각 하나가 내 안에 어둠이 깃들지 못하도록 지켜주는 등불이 된다.

삶이 풀리지 않을 때 자책하기 쉽다. 그럴수록 조심해야 할 것이 있다. 자기 안에 존재하는 본질적인 모습은 절대 잃어버려선 안 된다. 그걸 지키려면 삶이 힘들수록 집중할 뭔가를 찾아서 몰입하고, 매주 한 끼는 잘 챙겨 먹고, 억지로라도 웃을 일을 만들어야 한다. 그러면 어둠이 그걸 빼앗지 못한다. 길이 안 보여도 『노인과 바다』 속 노인을 떠올려보라. 그는 약해지는 것 같아도 실제론 자기다워지고 있다.

다들 먹고사는 데 연연하다 보니 내 안에 존재하는 본질적인 걸 살피지 않는다. 아주 잠시라도 그걸 살펴야 내가 걸어갈 길이 보인다. 이게 소설이 주목하는 부분이다. 소설은 나를 둘러싼 세계의 실체를 보여주면서 내가 '내 안의 나'를 잘 챙기도록 이끈다. 노인 어부는 애써 잡은 청새치를 상어 떼에게 빼앗겼어도 집으로 돌아갔다. 그런 그가 사자 꿈을 꾼다. 어부의 사자 꿈이 꼭 렘브란트의 자화상 같다.

나만의 정원 가꾸기

누구나 마음속에 자신만의 정원이 있다. 그걸 잘 가꾸는 사람도 있고 거의 방치하다시피 사는 사람도 있다. 내면을 가꾸는 것도 정원 일과 비슷하다. 산수유, 수국, 배롱나무를 굳이 심지 않아도 의지만 있다면 꽃 몇 포기만으로도 정원은 아름다워질 수 있다. 이게 소설을 읽는 사람의 내면에서 일어나는 모습이다. 굳이 수백 권의 소설을 읽지 않아도 좋은 소설 몇 권으로도 내면의 풍경은 바뀐다.

삶이 성실한 사람을 보면 대개 인생에서 결정적인 순간이 있었다. 그게 사건이나 사람일 때도 있고 책일 때도 있다. 어느 쪽이든 그것을 계기로 자신만의 길을 걸어가게 된다. 그 작은 걸음이 많아져 오솔길이 되면 삶은 풍요로워진다. 조급한 사람은 다독할 테지만 많이 읽는다고 정원이 더 예뻐지는 건 아니다. 개성이 드러나는 정원을 가꾸는 게 중요하다. 그러려면 천천히 읽고 즐겁게 읽어야 한다.

소설은 사건이든 사람이든 있는 그대로 바라보고 공감하는 게 얼마나 소중한 경험인지를 일깨워준다. 이걸 '인생책'이 보여준다. 저마다 소설을 좋아해도 그게 겹쳐지는 경우는 드물다. 그건 바로 소설이 공감되는 포인트가 사람마다 다르기 때문이다. 작가가 뭘 말하려고 하는지, 소설에서 뭘 배웠는지를 말하는 데서 멈추지 않고 앞으로 더 나가 주인공을 보면서 자신의 감정까지도 알려고 해야, 나만의 사유가 열린다.

이런 자기만의 느낌을 얻는 것이 중요한 이유가 있다. 자기 느낌이 있는 사람은 다른 사람의 의견에 쉽게 흔들리지 않기 때문이다. 한국 사회가 진영 논리에 붙잡혀서 요동하고 한국 교회가 가짜 뉴스에 자주 흔들리고 있는 것은 자기만의 생각이나 감정을 가진 사람이 적기 때문이다. 우리는 잠시라도 멈춰 서서 느껴야 한다. 자신이 어떤 생각을 하는지, 그래야 남의 시선에 흔들리지 않게 된다.

소설에서 우리는 감정을 경험한다. 『주홍 글자』에선 외롭고 어둡고 쓸쓸한 느낌을, 『프랑켄슈타인』에선 고립을, 『그리스인 조르바』에선 자유를 느낀다. 주인공을 보면서 공감하고 행복해하고 속상해하는 감정을 느낀다. 소설을 읽으며 뭘 말하려고 하고 뭘 배웠는지가 중요할 것 같지만, 진짜 중요한 건 느끼는 것이다. 그 느낌을 나누는 것이 독서 모임이고, 그럴 때 우리는 행복을 느낀다.

밀란 쿤데라는 말한다. '위대한 소설은 늘 그것을 쓴 사람보다 조금은 더 똑똑하다'라고. 나만의 정원에 심긴 소설들을 짚어보기만 해도 이게 맞다는 것을 느낀다. 인간의 삶은 다양하지만 동시에 보편적이다. 톨스토이를 읽고 세르반테스를 읽고 단테를 읽으면 느낀다. 수 세기 전에 살다간 사람들과 우리가 겪는 어려움이 같다는 걸 말이다. 같은 어려움을 겪은 누군가가 있다는 사실만으로도 우리는 위로를 받는다.

나만의 정원은 나의 감정이란 퇴비를 먹으며 자란다. 이것을 연습하지 않으면 남의 시선에 휘둘린다. 우리가 곁눈질하는 것은 불안하기 때문이다. 하지만 자기 정원을 가꿔가면 자기 생각을 신뢰하게 되고 남의 시선이나 평가를 덜 두려워하게 된다. 지금 남의 시선을 의식하고 있다면, 자신만의 정원을 가꿔야 한다. 뒤늦게 시작해도 괜찮다. 때가 되면 나의 정원에도 꽃이 핀다는 걸 시간이 확인시켜준다.

삶에 대한 이해

일본 작가 오에 겐자부로는 카프카의 『변신』을 세 번 읽었는데 매번 느낌이 달랐다. 일독할 때는 어느 날 갑자기 갑충으로 변해버린 인간을 그린 우화로 이해했다. 재독할 때는 가장이 돈을 버는 능력을 잃었을 때의 당혹스러운 느낌이 크게 다가왔다. 삼독할 때는 인간에 대한 연민이 가슴을 짓눌렀다. 먹고살기 위해 아등바등하는 인간을 보면서 연민을 느꼈고 어떻게 인간의 존엄을 지킬 수 있을까 고민했다.

『변신』을 읽으면 첫 문장에 놀란다. 주인공 그레고르 잠자는 어느 날 아침 눈떠보니 자신이 흉측한 갑충으로 변해버렸다는 것을 알게 된다. 그는 아버지가 사업에 실패한 후 가장의 역할을 하고 있었다. 그가 출근하지 않자 직장에서 동료가 집으로 찾아오고 가족은 흉측한 갑충으로 변해버린 그레고르를 발견하고 충격을 받는다. 가족은 처음엔 방도 청소해주고 먹을 것도 챙겨주지만 곧 그가 빨리 죽기를 바란다.

그레고르는 자기가 돈을 벌지 못하자 천식으로 고생하는 늙은 어머니와 어린 누이동생이 돈을 벌어야 한다는 사실에 수치와 슬픔을 느낀다. 하지만 곧 갑충으로 변한 자신을 대하는 가족의 무심함에 화가 난다. 그레고르는 그 무심함에 화를 내지만 고된 하루 일을 마치고 집에 돌아왔어도 편히 누워 잠들지 못한 아버지를 보게 된다. 불편한 모습으로 잠자고 있는 아버지를 가만히 바라본다.

아버지는 옷을 입은 채 잠들어 있다. 그 모습이 꼭 상사의 명령을 기다리고 있는 것 같고 언제든 일하러 달려 나갈 준비가 되어 있는 듯하다. 제복에서 잘 닦인 금단추가 빛난다. 어머니와 누이동생이 늘 제복을 새 옷처럼 보이게 하려고 애를 썼다.

그런 노력에도 불구하고 얼룩이 진 게 아쉽긴 하다. 아버지는 지극히 불편한 자세로 제복을 입은 채 잠이 들었고, 아들은 잠든 아버지의 모습을 물끄러미 바라본다.

갑충으로 변한 그레고르는 무엇 때문에 아버지는 밤에도 제복을 입은 채 불편하게 잠드는 걸까 고민하며 안타까워한다. 하지만 그레고르가 죽자 가족은 새집으로 이사 갔고 부모는 죽은 아들을 안타까워하는 대신 아름답고 풍염하게 자란 딸의 모습에서 희망을 찾으며 살아간다. 이런 모순된 행보를 보고 나면 이 가여운 인간들을 도대체 어떻게 대해야 할까, 안타까운 탄식이 터져 나온다.

『변신』이 주는 무거운 마음을 떨쳐버리려고 크로닌의『천국의 열쇠』를 읽는다. 고마운 건 읽으면 나를 불안하게 한 뭔가가 위로받는 느낌을 주는데 그 느낌이 참 좋다. 우리가 사랑, 윤리, 정의를 다룬 전문 서적을 읽으며 뭔가를 배우지만 그게 내면을 채워주는 느낌까지는 아니다. 한데 소설을 읽으면 내 안이 채워지는 느낌이 든다. 보츠와나 작가 베시 헤드의 소설을 읽을 때도 그런 느낌을 받았다. 바로 이 대목이다.

믿음이 뭐죠? 그가 호기심에 물었다.
"삶에 대한 이해지." 그녀가 부드럽게 말했다.[49]

작가는 믿음을 '삶에 대한 이해'라고 간결하게 설명한다. 나는 이런 느낌을 테레사 수녀의 '사흘분의 설탕' 이야기를 읽으며 느낀다. 영국의 신문기자 말콤 머거리지(무신론자였던 그가 테레사 수녀를 취재하며 깊은 인상을 받았고 이게 회심으로 이어졌다)가 1968년과 1969년에 캘커타(지금은 콜카타)에서 테레사 수녀를 취재하면서 '수녀님, 사랑이 무엇인가요?'라고 질문을 했는데, 그녀는 잠시 생각하더니 이렇게 대답했다.

사랑이란 캘커타의 한 소년이 사랑의 집에 들고 온 사흘분의 설탕입니다.

어느 날 테레사 수녀가 운영하는 '사랑의 집'(구걸도 못하는 병든 사람들을 위해 지은 안식처이자 수녀들의 보금자리)에 설탕이 떨어졌다. 그 소식이 네 살짜리 힌두 소년의 귀에도 들어갔다. 그 소년이 집에 가서 부모님에게 이런 부탁을 했다. "저 오늘부터 사흘간 설탕을 먹지 않으려고 해요. 대신 사흘분의 설탕을 저에게 주세요." 사흘 후 이 소년은 부모님과 함께 사흘분의 설탕을 들고 테레사 수녀를 찾아왔다. [50]

사흘분의 설탕 이야기에는 특별한 뭔가가 있다. 그 이야기가 흘러가서 닿는 마음마다 변화가 일어나기 때문이다. 에스겔 47장에 성전에서 흘러나온 물이 강으로 바다로 온 세상으로 흘러가는 이야기가 나온다. 생수가 흘러가는 곳마다 생명이 되살아난다. 강변에는 각종 과일나무가 자라서 열매를 맺고 강에는 물고기가 심히 많아지는데 이게 꼭 소설의 이야기가 우리 중에 흘러갈 때 일어나는 현상처럼 보인다.

소설은 세 가지—나는 누구인가, 어떻게 살 것인가, 어떻게 죽을 것인가—를 묻지만, 그것을 모범 답안으로 들려주지 않는다. 카프카는 그 착한 그레고르가 왜 갑충으로 변했고, 왜 아버지는 새우잠을 자야만 했는지 시원하게 설명해주지 않고 오히려 궁금하게 만든다. 하지만 소설을 읽고 나면 작품 속 문장이나 상황이 내 머릿속을 맴돌면서 고민하게 만드는데, 이때 시야가 열리고 사고가 넓어지는 느낌이 든다.

소설은 하나님의 선물

『비밀의 화원』에 이런 문장이 나온다.

네가 장미를 가꾸는 곳에는 엉겅퀴가 자랄 수 없단다.[51]

아름다운 생각과 삶이 어떻게 만들어지는지를 작가는 한 문장으로 이해하게 해준다. 이런 멋진 문장을 수집하는 게 소설을 읽는 또 다른 즐거움이다. 좋은 문장은 작가가 썼지만, 그것이 공유되는 순간 문장은 쓰는 사람이 아니라 읽는 사람의 것이다. 좋은 문장은 씨앗처럼 독자에게 날아가 마음밭에 뿌리를 내린다. 씨앗이 싹을 틔우고 굵어지다가 열매를 맺는데 우리는 이것을 '성장'이라고 부른다.

소설을 읽는 내내 우리는 가상 현실과 현실 세계를 오고 간다. 소설 속 가상 현실은 C. S. 루이스가 『순전한 기독교』에서 말한 다른 세상이다. 우리는 하루나 이틀 길어야 일주일 정도 이곳에 머문다. 머문 시간은 짧지만, 그곳에서 느낀 시간의 밀도는 엄청나다. 단 며칠간의 기억이 평생 우리를 행복하게 만들어준다. 나를 따뜻한 뭔가로 채워주는 그 느낌이 너무 좋아 우리는 시간이 날 때마다 그 세계를 찾아간다.

소설 『네루다의 우편배달부』는 그런 느낌이 뭔지를 파블로 네루다의 이야기로 들려준다. 네루다는 칠레의 시인이고 정치인이다. 1943년 서른아홉 살 때 시인은 칠레의 해안 마을 이슬라 네그라에 정착했다. 수도 산티아고에서 120킬로미터쯤 떨어진 곳이다. 작가가 우편배달부라는 가상 인물을 만들어내어 네루다 옆에 붙이자, 시인의 삶과 시가 보이고, 독자는 인생에 측량할 수 없는 부분이 존재한다는 걸 알게 된다.

소설에서 순박한 시골 청년이 시를 배운다. '하늘이 울고 있다'는 게 무슨 뜻이냐고 묻자 청년은 '비가 온다'고 답한다. 시인은 그게 은유라고 말해준다. 한 사물을 다른 사물과 비교해보는 게 단순해 보이지만 그 작은 차이가 주는 의미가 뭔지를 깨달을 때 성장이 시작된다. 우편배달부 마리오는 말도 어눌하다. 하지만 은유를 통해 유추하고 추리하는 것을 배운다. 소설 끝에서 만나는 마리오는 성숙하다.

시도 그렇지만 소설도 하나님의 선물이다. 『네루다의 우편 배달부』는 두 시간이면 다 읽을 수 있는 소설이다. 분량도 가볍고 유머와 해학도 있어 신나게 읽을 수 있다. 어찌 보면 특별한 것도 없는 소설이지만 읽고 나면 시가 뭔지 인생이 뭔지를 곱씹게 된다. 게다가 또 좋았던 건, 이 소설이 뭘 가르치거나 강요하지 않고 또 판단하려고도 하지 않는다는 것이다. 그렇게 품어주는 게 좋아 나는 소설을 읽는다.

소설이 주는 이런 느낌은 경험해보지 않으면 알 수 없는, 정말 짜릿한 경험이다. 이런 경험을 할 때마다 나는 행복해진다. 누구나 힘들고 외로울 때 혼자 꺼내어 읽는 이야기가 있을 것이다. 가끔 그걸 나누고 싶어 꺼내지만 초라하게 보여 제풀에 접거나, 진짜 재미있는 이야기가 있어도 너무 사적이어서 마음에 묻어둔 적도 있을 것이다. 그러다 우연히 소설을 읽는데 자신이 혼자 꺼내 읽던 이야기 같아 행복해진다.

이런 인식의 첫 불꽃이 언제 터졌는지 기억나지 않아도 괜찮다. 소설을 읽으면 우리는 어떻게 자신과 세상을 읽는가를 알게 된다. 이야기는 그저 삶의 자취를 따라가지만, 그저 따라만 가는데도 알게 해준다. 가끔이라도 우리가 마음을 꺼내어 따뜻한 물에 씻어주고 또 지친 생각도 볕이 잘 들고 바람이 잘 통하는 곳에 널어서 말린다면 분명 깨닫게 된다. 소설은 우리 모두에게 준 하나님의 선물이라는 것을.

2부

내면의 변화는
나이테 같은 흔적을 남긴다

5장

주인공은 심리적 죽음을
대면해야 한다

예수님은 십자가를 지기 전 밤새워 기도하셨다. 그게 심리적 죽음을 두고 벌인 영적 싸움이다. 예수님은 자신에게 불리한 쪽, 자신이 죽는 쪽을 선택하셨다. 이런 싸움에서 이기는 법을 배우도록 하려고 하나님은 아담과 하와를 에덴동산 밖으로 내보내셨을 것이다. 예수님도 제자들을 보내면서 '너희를 보냄이 양을 이리 가운데 보내는 것 같다'고 말씀하셨는데(마태복음 10:16), 이게 심리적 죽음을 대면할 때 느끼는 감정이다.

이런 심리적 죽음이 남의 일 같아도 실은 우리 삶에도 자주 나타난다. 영국의 신경외과 전문의가『참 괜찮은 죽음』[52]에서 삶과 죽음에 관해 이야기한다. 그는 혈관을 잘라야만 하는 순간이 있는데 그게 꼭 시한폭탄을 멈추는 전선을 고르는 것 같다고 말한다. 혈관 하나를 자를 때마다 두려움으로 온몸이 떨린다면서도, 이런 불안을 외과 의사라면 누구나 받아들여야 한다고 말한다. 이게 의사가 마주한 얍복강이다.

영화 〈아바타〉(2009)에서 하반신이 마비된 해병대 상이군인 제이크 설리(배우 샘 워딩턴)는 판도라 행성의 원주민 부족에 침투하라는 임무를 받는다. 이 임무를 위해 그의 마음이 아바타란 신체 속으로 전이된다. 하지만 판도라에서 아름다운 네이티리(배우 조 샐다나)를 통해 나비족의 문화를 접한다. 그는 판도라에서 채굴되는 광물 언옵테늄을 군대가 찾도록 돕든지 아니면 나비족과 함께 판도라를 지켜야 할지를 선택해야 한다.

주인공의 심리적 죽음

하나님은 모든 사람을 주인공의 자리에 앉히고 싶어 하시지만 조건이 있다. 주인공은 반드시 심리적 죽음을 이겨내야 한다. 심리적 죽음은 '내면의 죽음'을 뜻한다. 주인공에게 고난이나 죽음의 위협이 닥쳤을 때 두려워 고난을 회피하거나 자신이 사는 쪽을 선택하면, 그는 선악과를 먹은 아담과 하와처럼 몸은 죽지 않아도 내면에선 죽게 된다. 벤저민 프랭클린의 명언은 주인공의 심리적 죽음이 뭔지를 잘 표현하고 있다.

어떤 사람은 25세에 죽지만 장례식은 75세에 치른다. [53]

인간이라면 반드시 가져야 할 신념을 포기하는 순간 주인공이 죽는데 이걸 문학에서는 '심리적 죽음'이라고 표현한다. 이것이 신앙생활과 관련이 없을 것 같지만 그렇지 않다. 아브라함이 이삭을 번제로 바친 사건을 우리는 가볍게 읽지만, 그 일을 윤리의 눈으로 읽으면 비속 살인(자녀를 살해하는 것)이다. 아브라함은 분명 두려웠을 것이다. 그가 모리아산으로 가는 사흘 길이 작가가 주인공에게 요구하는 심리적 죽음이다.

하나님이 지정하신 장소는 모리아산이다. 그곳의 정확한 위치는 모르지만 예루살렘인 건 분명하다. 브엘세바에서 모리아산까지 나귀를 타고 사흘 길이다. 그 시간을 버티는 게 아브라함에겐 엄청난 고통이었을 것이다. 그 사흘 길을 우리는 플롯을 따라가면서 느낀다. 이야기가 답답하고 지지부진해도, 물꼬는 늘 그랬듯이 전혀 예상하지 못하는 곳에서 전혀 예상하지 못하는 방식으로 열린다는 걸 플롯은 보여준다.

플롯 포인트

플롯 포인트(Plot Point)는 '돌아갈 수 없는 다리'다. 일단 들어서면 되돌아갈 수 없다. 이게 플롯에선 두 번 나온다. 3막이라면 플롯 포인트는 1막 끝과 2막 끝에서 나온다. 이곳에서 주인공은 어떤 결정을 내리는데 그게 꼭 예수님이 겟세마네 동산에서 한 고민과 비슷하다. 후에 보면 플롯 포인트에서 주인공은 자신의 인생에 중요한 결정을 내리지만, 그 선택을 하는 때엔 그게 결정적인 순간인 것을 주인공이 모른다(7장 참고).

『바람과 함께 사라지다』에서 철없는 남부 처녀 스칼렛은 떠밀리듯 운명 속으로 빠져든다. 이제 그녀 뒤에서 문이 꽝 하고 닫혔고 그녀는 예전의 삶으로 돌아갈 수 없다. 이제 두 가지 중 하나를 선택해야 한다. 그녀는 지금껏 살아온 남부 귀족의 삶을 원하지만 그러면 모든 걸 잃는다는 걸 안다. 하지만 과거로 돌아가고 싶어 한다. 그녀는 둘 중 하나를 반드시 선택해야 하고 그 선택으로 인생이 바뀐다.

자신의 선택으로 스칼렛은 더 큰 시련을 겪거나, 예상하지 못한 사건에 직면해야 한다. 주인공의 선택은 앞으로 갈 여정을 분명하게 만든다. 후반부에 보면 스칼렛은 사랑에 대한 자신의 선택을 후회한다. 우리 역시 살면서 후회한다. 우리가 매번 올바른 선택을 할 수 없지만 가끔은 내가 살아온 인생길을 3막의 플롯 구조에 맞춰 대입해보면 지금 대면한 상황이 플롯의 어느 단계에 해당하는지가 보일 것이다.

소설을 읽으면 우리는 인생을 두 번 살게 된다. 처음에는 그냥 살지만, 서사적으로 한 번 더 산다. 내 인생도 플롯에 대입하면 주인공이 플롯 포인트에서 대면한 심리적 죽음이 나에게도 일어났던 게 보인다. 이게 보이면 우리는 안다. 지금 나의 삶이 내가 모르고 지나친 플롯 포인트에서 내가 한 선택의 결과라는 걸. 소설을 읽으면 주인공을 통해 배우기에 갈팡질팡하는 자신의 삶을 바로잡을 수 있다.

다윗의 심리적 죽음

성경 속 이야기도 소설과 크게 다르지 않다. 아브라함이나 다윗이 사랑을 받는 이유도 소설 주인공과 비슷하다. 두 인물은 입체적으로 묘사되는데, 입체적이란 건 장점과 함께 결점도 드러난다는 뜻이다. 두 사람 모두 취약점이 있었지만 그걸 숨기지 않고 드러낸다. 아브라함은 믿음의 아버지로 불리지만 종종 믿음 없음을 드러냈고, 다윗은 뛰어난 믿음에도 불구하고 성적(性的)으로 취약했다.

다윗도 두 번 플롯 포인트에 선다. 첫 번째 플롯 포인트는 밧세바와 간음한 사실을 고백해야 할 때이다. 골리앗과의 싸움이 플롯 포인트일 것 같지만, 아니다. 이건 계기적 사건이다. 이야기를 시작하기 위한 일종의 훅(hook)이다. 진짜 이야기는 그가 왕이 된 다음에 시작된다. 그때부터 인간 다윗의 민낯이 보이고 그가 간음 사실을 고백한 덕분에 우리는 심리적 죽음을 둘러싼 영적 싸움을 보게 된다.

내가 입을 열지 아니할 때에/다윗은 죄를 고백하길 거부한다.

체면이 말이 아니기 때문이다/ 종일 신음하므로 내 뼈가 쇠하
였도다/고백을 거부하자 밀려오는 심리적 고통이 만만치 않
다/ 주의 손이 주야로 나를 누르시오니/다윗이 회복되길 원하
는 성령님은 다윗에게 죄를 고백하라고 양심을 찌르신다. 그
런데 성령님의 음성이 다윗에게는 고통스럽게 느껴진다/ 내
진액이 빠져서 여름 가뭄에 마름 같이 되었나이다/육체적으
로 탈진할 상태가 되었어도 다윗은 죄를 고백하길 거부한다/

(시편 32:3~4, 꺾쇠 필자)

다윗이 이렇게 강하게 죄를 고백하길 거부하는 이유가 있
다. 고백은 내 마음속 블랙박스를 여는 일이기 때문이다. 죄를
드러내는 마지막 단계답게 그 블랙박스 안에는 죄를 지을 때 내
가 한 은밀한 생각들이 다 들어 있다. 분명 추하고 더러울 텐데
그걸 공개하는 게 어디 쉬운 일인가. 바로 이 싸움에서, 많은 이
들이 진다. 바로 죄를 두리뭉실하게 회개함으로써 자신에게 유
리한, 숨기는 쪽을 선택하기 때문이다.

어떤 죄이든 두 증인의 눈은 피할 수 없다. 자기 자신과 하
나님이다. 1단계에선 나의 양심이 '그만하라'라고 눈치를 준다.
이런 경고를 무시하면 2단계로 넘어가 가족에게 들킨다. 이때
도 무시하면 3단계로 넘어간다. 절친이나 지인 중 누가 눈치를
채고 별일 없는지 묻는다. 그것도 무시하면 4단계가 되는데 심
각해진다. 4단계에 이르면 소설『데미지』에서, 특히 201~211쪽

/
소설 읽는 그리스도인

에서 묘사하듯 죄가 공개적으로 드러난다.

아들 마틴이 우연히 안나의 아파트에 왔다가 아버지와 연인의 정사를 보고 만다. 그 충격에 난간 밖으로 뛰어내렸고 아들은 즉사했다. 밖으로 뛰어내려가 시신을 마주하는데 그때서야 주인공은 자신이 알몸인 것을 안다. 경찰 조사를 받으며 그는 자신과 함께 있었던 여자가 아들의 약혼녀이고 그녀와 관계를 맺은 지 4개월 되었다고 진술한다. 4단계에선 죄가 세상에 알려진다. 이게 다윗이 처한 상황이다.

신실하다고 해서 허물이 없는 게 아니다. 다윗은 신실했지만 동시에 비겁하고 나약했다. 다윗도 자신이 외도에 살인까지 저지르게 될지 상상도 못했을 것이다. 그것을 막으려면 소설 속 인물들의 감정이나 상황을 읽듯이 나 자신의 감정도 읽어야 한다. 내가 느끼는 감정을 플롯의 구조에 대입하면 내가 무엇을 생각하고 있는지가 보인다. 생각이 보이면 실수를 막을 수 있다. 이게 소설로 여는 묵상이다.

아브라함의 심리적 죽음

아브라함도 심리적 죽음을 두 번 경험한다. 바로 아내 사라를 애굽 왕에게 내어줄 때(첫 번째 플롯 포인트)와 아들 이삭을 번제로 바치려고 모리아산으로 사흘 길을 갈 때(두 번째 플롯 포인트)이다. 아브라함은 첫 번째 플롯 포인트에선 사실 실패했다. 하나님이 극적으로 개입해서 일을 수습하셨기 때문이다. 그건 아마도 아브라함이 누구에게도 심리적 죽음을 배우지 못했기 때문일 것이다.

두 번째 플롯 포인트에서 아브라함은 모리아산으로 가고 있다. 그 사흘 길 동안 아브라함은 되돌아갈까를 수없이 고민했을 테지만 산에 도착하자 상황은 더 심각해진다. 아들 이삭이 "제사를 지낼 제물은 어디에 있나요?"라고 묻는다. "그것은 하나님께서 준비해주실 것이다"라고 답할 때 얼마나 힘들었을까? 차라리 자신이 죽는 게 나았을 그 힘든 심리적 죽음을 이겨내자 그의 믿음이 단단해진다.

하나님이 아브라함을 벼랑 끝으로 밀어붙이시는 이유가 있다. 그가 가진 믿음이란 날개를 펼치도록 하기 위해서이다. 우리가 믿음이 있다고 여기지만 실제로 믿음은 내가 쉽게 꺼내 쓸 수 있는 게 아니다. 내 안에 있지만, 실제론 잘 작동하지 않는다. 그걸 제대로 작동시키려고 하나님은 우리를 곤경에 빠트리신다. 탈출하려면 심리적 죽음을 이겨내야 하고, 살고 싶어도 자신이 죽는 쪽을 선택해야 사는 길이 열린다.

장 발장의 심리적 죽음

빅토르 위고의 『레 미제라블』[54]에서 장 발장은 조카들을 위해 빵 한 덩어리를 훔쳤다가 무려 19년을 감옥에서 지내야 했다. 물론 네 번의 탈옥 실패로 형량이 늘어난 결과이지만 그를 보면 혁명이 일어나던 시대의 프랑스 사회 모습이 보인다. 1권에서 작가는 미리엘 주교를 소개한다. 75세쯤 된 신부이고 소설에서 전개될 이야기의 토대가 되는 인물이다. 이 주교 덕분에 장 발장은 다시 태어난다.

출감 후 장 발장은 배가 고파 식당을 찾지만 쫓겨나고 만다. 그가 내민 노란 통행증은 전과자를 뜻했기 때문이다. 하지만 주교는 그를 받아주었고 저녁 먹는 내내 예수에 관해 몇 마디만 했을 뿐 그가 누구인지 묻지 않았다. 평생 모멸을 받아온 그에게 '노형'이라고 불렀고 "여기는 내 집이 아니라 예수 그리스도의 집이오"라고 말했다. 주교의 누이가 후에 장 발장이 오던 날의 상황을 회상한다.

누이는 삶에 지친 사람에게 설교와 훈계와 암시 같은 것을 삼가는 태도가 정말 복음적인 태도일 것이라고 말한다. 장 발장이 말은 하지 않아도 가슴속에 어떤 고통을 지니고 있을 게 분명한데, 그것을 조금도 건드리지 않도록 하는 게 진정한 연민의 정이라고 회상한다. 당시엔 몰랐지만 장 발장은 주교가 불러준 '노형'이라는 한마디에 마음이 녹아내렸다. 사실 주교는 온후했고 그건 어둠 속에서도 느껴졌다.

식사 후 장 발장은 잠이 들었지만 대성당의 시계 소리에 깨어났다. 새벽 두 시였다. 잠이 깨고 나니 식탁에서 보았던 여섯 벌의 은식기와 숟가락이 생각났다. 그걸 챙기면 19년간 감옥에서 번 돈의 갑절을 만질 수 있다. 그는 그걸 훔쳐 도망쳤지만 곧바로 붙들렸다. 헌병 대장에게 붙잡혀온 그를 보며 주교는 은촛대도 주었는데 왜 그건 가져가지 않았냐고 되물었다. 풀려난 그에게 주교가 나지막한 음성으로 말한다.

당신은 이제 악이 아니라 선에 속하는 사람이오. 나는 당신의 영혼을 위해서 값을 치렀소. [55]

바로 이 순간 장 발장은 거듭났고 개과천선한다. 1권 후반부에 가면 시장이 된 장 발장을 보게 된다. 이제는 어디를 가든 존경을 받는다. 그런 행복의 절정에 '심리적 죽음'이란 선택이 주어진다. 함께 징역살이한 사람이 장 발장과 비슷한 외모로 인해 누명을 쓰고 감옥에 가게 생겼다. 그 사실을 알게 된 장 발장은 고민한다. 모른 체할까, 그는 감옥에서 썩어도 싼 인물이다. 덮고 싶은데 양심이 그를 고발한다.

며칠을 고민하던 장 발장은 결국 마차를 몰아 법원으로 간다. 그리고 재판관과 사람들 앞에서 자신이 누군지를 고백한다. 담담하지만 이런 고백을 할 수 있기까지 그는 죽음 같은 날

/
소설 읽는 그리스도인

들을 보냈다. 그게 1권 7장 샹마티에 사건에서 묘사된다. 머릿속에서도 태풍이 분다. 장 발장은 두 가지를 붙들고 살았다. 이름을 감출 것, 그리고 자기의 삶을 성화할 것. 그런데 이 두 가지를 지키기 어렵게 생겼다.

장 발장을 먼저 붙든 건 내가 살아야 한다는 본능이었다. 그는 마음속으로 자신의 정체를 밝혔을 때 일어날 일을 가늠해보았다. 자신을 추적하는 자베르 형사가 어떻게 다룰까가 예상이 되니 마음에서 경련이 일어나고 그는 갈팡질팡한다. 주교에게서 배운 것은 올바른 사람이 되는 것이고, 올바른 사람은 분명 자기의 몸이 아니라 영혼을 구원할 것인데, 이것이 흔들린다. 자기가 살고 싶은 것이다.

장 발장은 자기 속에서 두 생각이 싸우는 걸 본다. 그는 두 생각—고난받는 그리스도인으로 살 것인가, 편안한 죄인으로 살 것인가— 중 하나를 반드시 선택해야 한다. 문제는 선한 양심을 선택하면 다시 감옥에 가야 한다는 것이다. 그러면 다시는 겪고 싶지 않은 강제 노역을 해야 하고, 죄수복을 입어야만 하고, 어쩌면 간수들의 비위를 거슬러 말뚝에 묶이거나 쇠고리를 발목에 찰지도 모른다.

천국에 머물면서 악마가 될 것인가 지옥에 돌아가서 천사가 될 것인가, 그는 고민한다. 어느 한쪽을 택할 수 없기에 선택의 괴로움에 관자놀이의 핏대가 심하게 고동쳤다. 조바심에 밤새 방 안을 이리저리 오간다. 날이 추워 불을 좀 땠지만, 창문을 닫을 생각이 들지 않았다. 고민하는 이 과정이 심리적 죽음을 이겨내는 시간인데, 어떤 결정을 내리든 필연적으로 그의 내면에서 무엇인가는 죽게 된다.

장 발장이 시장으로서 사는 쪽을 선택하면 그의 내면에서 주교를 보면서 다짐했던 올바른 사람으로 살겠다는 약속은 깨어지게 된다. 이게 양심에 찔려 괴롭긴 하겠지만 시장으로서 존경받으며 명예롭게 살 수 있다. 반대로 자신의 정체를 밝히면 그동안 쌓았던 모든 걸 날려버리게 된다. 죄수로 다시 갇히고 비참하고 괴로운 삶을 살게 된다. 양심엔 떳떳하지만 그걸 육체적으로 견디는 건 쉽지 않을 것이다.

선교사의 심리적 죽음

엔도 슈사쿠의 『침묵』[56]은 포르투갈 선교사들의 이야기다. 호기롭게 일본에 복음을 전하겠다고 잠입했지만 금세 들키고 만다. 일본 역시 감시를 늦추지 않았기 때문이다. 일본 관리는 신부들을 배교시켜서 기독교의 싹을 자르려고 일본인 성도들을 잔인하게 고문한다. 네가 성화를 밟으면 이들을 살려주겠다고, 성화는 진짜 예수가 아니니 그냥 밟으라고 유혹한다. 고문을 못 이긴 로드리고 신부가 성화를 밟고 배교한다.

소설에 보면 성화는 나무판자에 조잡한 구리로 새긴 예수 그리스도의 모습, 가느다란 팔을 벌리고 가시관을 쓴 보기 흉한 얼굴이었다. 그 얼굴은 많은 사람에게 밟혀 거의 닳아 없어진 상태였다. 밟을 때 보니 가장이 먼저 밟고 처가 밟고 자녀들이 밟았다. 아기는 어머니가 안고 밟게 하였다. 성화를 밟는 게 뭐 대수로울까 싶지만, 성화를 밟고 배교한 신부 페레이라의 모습을 작가는 이렇게 묘사한다.

영혼이 빠져나간 인생.[57]

배교한 로드리고 신부나 그의 스승 페레이라 신부 모두 마음에 평안함이 없다. 분명 일본인 성도들을 살리려고 한 선택인데 말이다. 그들이 괴로운 것은 올바른 선택이 아니라는 걸 본능적으로 느끼기 때문일 것이다. 두 신부는 성화를 밟았다고 생각했는데 밟고 보니 그것은 늪이었다. 소설에서 작가는 늪을 하나 더 소개한다. 하나님의 침묵이다. 자신들을 구원해달라고 그렇게 기도했는데 하나님은 침묵하신다.

아아, 바다에는 비가 쉴 새 없이 계속 내립니다. 그리고 바다는 그들을 죽인 다음 더욱 무서우리마치 굳게 침묵을 지키고 있습니다.[58]

신부들을 겨냥한 배교 프로젝트는 이노우에가 기획했다. 그도 한때는 예수를 믿었는데 지금은 아니다. 그는 배교자의 심리를 꿰뚫고 있다. 배교자는 자신의 비참함과 상처를 정당화하려고 동료 그리스도인을 자신과 같은 운명 속으로 끌어들일 거라는 걸 알고 있다. 그게 페레이라 신부가 로드리고 신부에게 한 일이다. 그런 일을 겪은 한 프란체스코회 신부가 한 말을 작가는 무심한 듯 써놓았다.

> 박해의 시기에 사제는 순교하기 위해 있는 것이 아니라 교회의 불이, 신앙의 불이 꺼지지 않게 계속 살아남아 있어야 하는 것입니다.[59]

발언의 진실은 본인만이 알 수 있다. 어쨌든 『침묵』은 주인공 로드리고 신부가 배교를 하는 순간 이야기를 멈춘다. 플롯에서 주인공이 심리적 죽음을 이겨내길 포기하면 이야기가 멈추기 때문에 그 뒷이야기를 작가는 후기로 담아낸다. 자신의 추함을 증오하고 경멸하며 사는 게 어떤 삶인지를 후기가 보여주는데 어떤 날엔 아이들이 문 앞에 와서 페레이라는 '배교자 베드로'로 로드리고는 '배교자 바오로'로 불렀다.

『침묵』을 읽고 나면 우리는 주인공 로드리고 신부가 구원을 얻는 믿음을 가졌을까, 궁금해진다. 신부가 후미에(성화)에 발을 올려놓았을 때 동이 텄고 멀리서 닭이 우는 장면이 있는 건 베드로처럼 그리스도를 배반했다는 걸 암시하는 작가의 시그널 같다. 하지만 일부 독자는 배교한 그 순간을 오히려 진정한 회심의 순간으로도 해석한다. 정답은 이 두 해석 사이에 존재할 터이지만 작가의 의도는 신부가 아니다.

자신이 배교할 것이라고 생각하는 성도는 없다. 하지만 『침묵』을 읽었다면 만약 내가 로드리고 신부였다면 어떤 선택을 할까, 상상하게 된다. 소설을 읽으면 우리는 느릿느릿 여기저기 떠돌게 되지만 결국엔 자신과 하나님에 관해 묻게 된다. 그게 작가의 의도이다. 작가는 우리가 살다 보면 나에게 믿음이 있나 싶은 순간을 만나게 된다는 걸 안다. 그 순간을 상상하는 것으로도 내면에선 자기 점검이 일어난다.

새롭게 빚어내기

심리적 죽음에서 주인공이 자기가 사는 쪽을 선택하면 사는 것 같아도 실제론 두 번 죽는다. 살아서 한 번, 죽어서 한 번. 작가는 배교한 로드리고 신부의 반응을 기록한다. 신부는 고문이 두려워 신앙을 지키지 못했다. 우리가 그의 입장이었다면 어떤 선택을 했을까. 로드리고가 느꼈을 법한 불안한 심리가 다른 소설(예 『순교자』, 『장미의 이름』, 『더버빌가의 테스』, 『분노의 포도』, 『리스본행 야간열차』 등)에도 펼쳐진다.

『순교자』[60]는 한국전쟁 때 공산당에게 희생된 목사 이야기를 다룬다. 열두 명의 희생자는 순교자로 숭앙받고 살아남은 두 명의 목사는 배교자로 수치를 당한다. 소설은 순교자들의 최후의 모습과 그들에게 무슨 일이 일어났는지를 파헤친다. 『순교자』를 읽으면 영혼이 약하다는 게 어떤 것인지 느껴지는데 그게 꼭 『침묵』 속 로드리고 신부를 보는 것 같다. 두 소설 속 순교자나 배교자들이 느꼈을 감정이 욥기에도 나온다.

> 사람들이 여기저기서 죽어가며 고통에 신음하고 있네. 가엾은 이들이 도와달라고 부르짖건만, 하나님은 아무 문제 없다는 듯 침묵만 지키시네! (메시지, 욥기 24:12)[61]

『리스본행 야간열차』에는 비밀 간부를 살린 의사 이야기가 나온다. 생명을 살리는 게 의사의 일이다. 하지만 그가 살린 사람은 맹지스, 고문 기술자 이근안 같은 자이다. 포르투갈의 독재정권 때 그는 시민들을 고문하고 죽였다. 리스본의 도살자라고 불리던 자를 살려놨으니 사람들은 분노한다. 의사는 "그는 생명이 있는 사람입니다. 한 인간이에요"라고 항변했지만, 사람들은 그에게 침을 뱉었다.

주인공의 선택은 소설에서 매우 중요하다. 주인공이 자신에게 불리한 선택을 하면 이야기는 전진한다. 이야기는 1막에서 2막, 2막에서 3막으로 진행된다. 하지만 곤경을 피하려고 자신이 사는, 자신에게 유리한 선택을 하면 주인공은 심리적 죽음을 맞고 이야기는 거기서 멈춘다. 로드리고 신부가 배교하자 작가는 이야기를 종결하고 그 이후는 후기로 정리했다. 신부는 살았지만, 내면으론 죽었기 때문이다.

선택은 언제나 주인공의 몫이다. 주인공은 곤경에서 전진할 수도 있고 포기할 수도 있다. 하지만 전진하려면 심리적 죽음이 주는 압박을 이겨내야 한다. 『주홍 글자』에서 딤스데일 목사는 자신이 간통자라는 사실을 숨긴다. 존경받는 목사란 직위를 잃는 게 두려웠기 때문이다. 죄책감에 옷 속에 글자 A(adultery)를 새긴 셔츠를 입었고, 한밤중에 처형대에 올라가기도 했지만, 마음에 평안함이 없다.

딤스데일은 회개의 충동에 이끌려 죄를 고백하고 싶어 하지만 용기가 나지 않았다. 두렵기 때문이다. 그런 나약함을 칠링워스 노인은 놓치지 않는다. 그를 몰래 훔쳐보면서 심리적으로 괴롭힌다. 내가 치부를 숨길수록 죄는 좋아한다. 그래야 죄가 원하는 대로 나를 끌고 다닐 수 있기 때문이다. 이런 괴로움을 견디지 못해 목사는 결국 청교도들 앞에서 자신의 죄를 고백한다. 마침내 심리적 죽음을 대면한 것이다.

심리적 죽음을 독자도 대면한다. 잘못을 고백하면 독자 역시 망신을 당하거나 애써 일궈놓은 명예, 지위나 재산을 잃을 수 있다. 하지만 감추자니 양심이 나를 고발하는데 그 고통이 얼마나 심한지 뼈가 녹는 것 같다(시편 32:3). 고백하면 평화를 맛본다. 딤스데일 목사는 심리적 죽음을 피한 두 신부와 달리 평화롭게 죽는다. 반면 두 신부는 살아 있지만 죽은 것 같은 고통을 느끼는데 그게 사울 왕이 겪은 고통이다.

심리적 죽음을 다루는 장면을 읽는 게 뭐가 대단할까 싶지만 실은 대단하다. 등장인물이 겪는 체험을 통해 우리는 하나님의 목적에 합당한 사람이 되는 법을 간접적으로 경험하기 때문이다. 소설을 읽는다는 것은 평소에 연습하지 못하는 신앙의 고민을 연습한다는 걸 의미한다. 소설에는 우리를 탁월하게 만들 무언가가 담겨 있다. 성실히 읽으면 소설은 감정적 혼돈을 통해 우리의 내면을 새롭게 빚어낸다.

6장

**성장하는 인물은 반드시
감정적 혼돈을 겪는다**

신학자 스탠리 하우어워스가 있다. 그가 쓴 책이 열 권 넘게 한국에서 출간되었다. 그중 『한나의 아이』가 있다. 회고록인데 삶의 고통을 그리스도인이자 인간으로서 버텨내는 그의 모습이 먹먹하다. 아내는 정신질환을 앓았다. 그런 아내와 산다는 게 어땠을지 상상만으로도 아찔하다. 그 시간을 어떻게 견뎌냈을까? 아내는 분노와 양극성 장애를 앓았다. 특히 참을 수 없는 건 분노였고 그는 살아남아야 했다.

　하우어워스는 부부 관계도 그리웠지만, 더 그리운 것은 따뜻한 손길이었다. 아내는 그를 거의 만지지 않았다. 그는 아내의 손길도 그리웠지만 다정한 말도 그리웠다. "오늘 하루는 어땠어?" 같은 말이라도 좋았다. 그러나 고통에 사로잡힌 아내는 그에게 손을 내밀 여유가 없었다. 그러다 분노가 아내를 사로잡으면 아내는 폭발했고 폭언을 쏟아냈다. 그의 고백을 들으며 나는 두 권의 회고록을 떠올렸다.

『안젤라의 재』[62)는 한 소년의 가족사다. 뉴욕에서 태어났지만 아일랜드에서 자랐다. 당시 미국은 경제 대공황을 겪고 있었다. 미국에 이민 온 부모는 고향으로 돌아갔지만, 그곳도 궁핍했다. 술독에 빠져 사는 아버지와 신앙에 의지한 어머니. 빈곤이 인간의 삶을 얼마나 비참하게 만드는가를, 27년간 영어 교사로 살면서 작가가 되기를 꿈꿨던 한 남자가 아이의 시선으로 풀어내는데, 어느 페이지를 펼치건 먹먹하다.

『배움의 발견』은 사회와 고립된 채 요한계시록 속 마지막 날을 준비하면서 살아가는 한 모르몬 가족의 이야기이다. 분명 회고록인데 소설 같다. 한 소녀가 자기 인식을 시작하면서 미몽에서 깨어나고 그 후 근본주의적 신앙을 가진 아버지를 관찰하는 게 놀라웠다. 영화 〈매트릭스〉(1999)에 보면 다들 현실이라고 느꼈던 게 실은 인공지능이 보낸 뇌 신호였다. 이런 각성을 『배움의 발견』은 아주 자세하게 묘사한다.

책을 보면 중요한 건 우리에게 생긴 일이 아니라 그 일에 대한 우리의 반응이라는 게 느껴진다. 난 하우어워스가 뛰어난 신학자인 건 알았지만 정신질환을 앓는 아내와 24년을 산 것은 몰랐다. 그 힘든 시간을 버틴 건 현실에 충실하게 사는 법—벽돌을 한 번에 하나밖에 못 쌓듯이—을 배운 덕분이라고, 하우어워스는 말한다. 어려서 벽돌을 쌓으며 배운 삶의 교훈을 그는 『한

나의 아이』에서 이렇게 설명한다.

> 그리스도인으로 사는 것은 답 없이 사는 법을 배우는 과정이
> 다. 이렇게 사는 법을 배울 때 그리스도인으로 사는 것은 너무
> 나 멋진 일이 된다. 신앙은 답을 모른 채 계속 나아가는 법을
> 배우는 일이다. [63)]

『안젤라의 재』를 쓴 프랭크 매코트나『배움의 발견』을 쓴 타
라 웨스트오버가 자신의 경험을 고상하게 설명하려 했다면 흥
미는 반감되었을 것이다. 하지만 삶의 고단함, 부조리함, 모순,
복잡함과 고통 앞에 노출되는 자신의 감정을 숨김없이 드러낸
덕분에 우리는 수수께끼 같은 인생에서 각자가 서 있는 자리를
알게 되고, 고난을 통해 인생을 배워가면서 동시에 고난의 아픔
에 맞서는 법을 배우게 된다.

세 권의 회고록(『한나의 아이』, 『안젤라의 재』, 『배움의 발견』)에서 하
는 이야기를 소설로 풀어낸다면『가재가 노래하는 곳』과 연결
될 것 같다. 늪지에서 아이는 혼자서 살아간다. 부모와 형제가
다 떠난 곳에서 말이다. 그 아이가 겪는 혼란을 기독교 시선으
로 해석하면 엔도 슈사쿠의『침묵』이나 김은국의『순교자』, 혹
은 호손의『주홍 글자』가 된다. 소설은 회고록이 보여주지 못하
는 걸 드러낸다. 내면의 혼란이다.

절대 권력을 가졌던 왕도 인생에 한 번은 심하게 꺾인다. 그

게 〈리어왕〉이다. 권력을 내려놓고 나니 그동안 보지 못하던 게 보였고 느끼지 못하던 게 느껴졌다. 내면의 혼란과 좌절을 겪으면서 리어 왕은 미쳐갔지만 어쩌면 인간적으론 자유로워졌다는 생각도 든다. 그가 혼란을 겪지 않았더라면, 진짜 인생을 산 것일 수 있을까? 이런 혼란이 나쁠 것 같아도 소설에선 이게 사람을 자기다운 삶을 찾는 존재로 만든다.

진짜 나로 살아가려면

예전에 니체가 "춤추는 별을 잉태하려면 내면에 혼돈을 지녀야 한다"라고 말한 적이 있다. '춤추는 별'은 우리가 되고 싶은 나에 대한 은유이다. 그런 근사한 내가 되려면 '혼돈'을 지녀야 한다고 니체는 말한다. 그것을 소설에서는 '감정적 체험'이라고 부르고, 더 세부적으로 들어가면 주인공의 '심리적 죽음'을 뜻한다. 이 혼돈을 겪고 나면 어떤 사소한 경험이 헤아릴 수 없이 중요해 보인다.

나무에 옹이가 생기고 자기 잘난 맛에 살던 우리가 욕망, 집착, 허세를 떨어낼 수 있는 건 좌절을 경험했기 때문이다. 이걸 잘 아는 작가는 고난이나 감정적 혼란을 통해 등장인물을 각성시킨다. 좌절할 때는 힘껏 좌절해야 한다는 걸 알기에 작가는 인물을 벼랑 끝으로 몰아붙인다. 아이로니컬한 건 벼랑 끝으로 갈수록 인물은 더 빠르게 자신을 알아가고, 이런 각성을 단숨에 도약하듯 성취한다는 것이다.

인간은 서서히 자라나는 것 같아도 실제론 도약하듯 자란다. 어떤 사건을 계기로 생각이나 관점이 도약하듯 성숙해진 시간이 있다는 뜻이다. 이것을 은희경의 『새의 선물』[64]이 보여준다. 프롤로그의 부제가 심상치 않다. '열두 살 이후 나는 성장할 필요가 없었다.' 화자인 나(강진희)는 삼십 대 중반을 넘었다. 그 화자가 열두 살을 계기로 자신을 '보여지는 나'와 '바라보는 나'로 분리하기 시작한 일을 회고한다.

'보여지는 나'는 남들 앞에 노출되어 마치 나인 듯 행동하고 있지만 진짜 나는 아니다. 진짜 나는 몸 안에 남아서 몸 밖으로 나간 나를 바라보고 있다. '보여지는 나'에게 사람들이 보고자 하는 나로 행동하게 하고 '바라보는 나'가 그것을 바라보는 것이다. 이게 꼭 지킬 박사와 하이드 같지만, 백성들의 시선을 두려워한 사울 왕의 이야기이고, 간음죄를 덮으려고 부하를 죽인 다윗 왕의 이야기이기도 하다.

『새의 선물』에서 보면 열두 살짜리가 인간이 진심으로 사랑하는 것은 자기 자신뿐이라고 확신한다. 아이가 삶의 이면을 보기 시작한 것이다. 아이는 관찰을 통해 무엇이 어른들의 마음을 무너뜨리는가를 알게 되자 상처받지 않으려고 자신을 둘로 분리한 뒤 사람들의 눈에 노출되지 않는 '바라보는' 진짜 나를 지켜가고 있다. 『새의 선물』은 분명 허구이지만 그게 나의 일이라는 걸 우리는 안다.

소설의 아이처럼 우리 역시 감정적 혼돈을 겪는다. 아이는 열두 살 이후 자라지 않았다고 말하지만 실제로는 자랐을 것이다. 작가는 『새의 선물』에서 플롯을 치밀하게 짠다. 이렇게 짜는 이유는 하나뿐이다. 소설의 인물이 겪는 감정적 혼돈을 독자도 경험하기를 바라기 때문이다. 첫 문장에 공을 들이고, 흥미로운 사건을 제시하고, 장면마다 눈앞에서 보는 듯한 묘사를 하는 데에는 다 이유가 있다.

소설에서 작가의 목표는 간결하고도 명확하다. 작가는 독자가 소설 속 이야기 끝까지 가서 그가 플롯 속에 숨겨놓은 결론(사건의 해결)에 도달할 때 느끼게 되는 희열을 상상하며 글을 쓴다. 정보와 달리 서사가 주는 희열은 아주 오래가고, 그 희열의 느낌이 남아 있는 한 독자는 소설 속 인물처럼 진짜 성장을 이루게 된다. 이걸 주기적으로 경험해야만 자신의 인생에서 타인으로 살지 않게 된다.

나만의 느낌이 필요하다

밀알(요한복음 12:24) 하면 떠오르는 느낌이 있다. 빛과 소금으로 살겠다고 다짐할 때도 비슷한 느낌이 일어난다. 신실한 삶을 꿈꿀 때 우리는 빛과 소금으로 밀알처럼 살겠다고 다짐한다.

이런 다짐이 현실에서 이루어지려면 소금이 '녹고' 밀알이 '죽는' 게 어떤 느낌인지를 이해해야 한다. '녹고' '죽는' 것에 대한 자기만의 이해가 있어야 우리는 『침묵』에서 로드리고 신부가 한 실수를 반복하지 않게 된다.

하나님이 짓궂으신 것처럼 보인다. 소중한 건 역경이나 불안 뒤에 감춰두신다. 1세기 초대교회 때 그리스도인이 된다는 것은 죽는다는 걸 알면서도 그 길을 가는 것을 뜻했다. 조카 롯과 목초지를 나눌 때 아브라함은 선택권을 양보한다. 롯이 어떤 선택을 할지 짐작했을 테지만 그런데도 먼저 선택하도록 자신의 기득권을 내려놓았다. 믿음으로 살려면 선택이 주는 불안한 느낌에 적응해야 한다.

밀알에게 '죽는' 것은 지는 것이고 희생이 따르는 것이다. 이기기 위해서가 아니라 진다는 걸 알면서도 지는 쪽을 택하는 건 쉽지 않다. 이걸 한 번은 몰라도 반복하긴 쉽지 않다. 우리가 성경 구절엔 밑줄을 그어도 삶에 밑줄을 긋지 못하는 건 믿음으로 사는 게 쉽지 않기 때문이다. 믿음으로 살려면 슬픔이나 은둔의 시간을 딛고 일어선 느낌이 있어야 한다. 삶에는 언어로 포착하지 못하는 게 있기 때문이다.

느낌을 강조하는 건 그게 쌓이다 보면 한 번은 무언가 내 머리를 쾅 치고 지나가는 경험을 하기 때문이다. 그게 대단한 것은 아니지만 그렇다고 아무것도 아닌 건 아니다. 좋은 문장을 만날 때 마음에 균열이 생기고 그 틈 속에 느낌이 쌓인다. 이게 쌓이면 '나'라는 존재가 삶을 이해하는 유일한 통로가 아니며, 세상이 나빠지는 것은 누군가의 탓도 있지만 나 자신의 부주의, 이기심, 고집, 무지도 있다는 걸 알게 된다.

정유정의 『종의 기원』에 보면 이런 묘사가 나온다. "후각이 개같이 예민해진다. 머리는 그 어느 때보다 기민하게 돌아가고, 생각 대신 직관으로 세상을 읽어들인다. 내가 내 인생을 지배하고 있다고 느낀다. 인간이 만만해진다." 사이코패스 묘사가 너무 생생해서 작가가 진짜 사이코패스가 아닐까 의심이 들 정도지만, 작가가 그런 시선을 포착한 덕분에 우리는 사이코패스의 머릿속을 들여다보게 된다.

우리가 작가처럼 세심하게 느끼지 못해도 가끔은 자신의 마음속을 살펴야 한다. 지금 삶이 풀리지 않아 힘들다면 그 걸림돌은 역경이 아니라 내가 너무 간절히 원하기 때문일지도 모른다. 기대하지 않으면 실망하지도 않기 때문이다. 삶이 내 뜻대로 풀려가지 않아도 포기가 안 되면 하나님의 뜻이 있는 것이고, 넘어져도 다시 일어설 수 있다면 실패한 게 아니다. 이런 혼돈의 느낌이 쌓여야 삶에 대한 통찰이 깊이를 가진다.

혼돈이 주는 확장

아브라함이 이삭을 번제로 드린 일(창세기 22장)과 다윗이 죄를 토설하는 고백(시편 32, 51편)에 대해서 알고는 있지만 이게 얼마나 대단한 것인지를 우리는 잘 실감하지 못한다. 두 사람은 모두 엄청난 심리적 고통을 겪었다. 아브라함의 고통을 키에르케고르는 '두려움과 떨림'으로 표현한 바 있고,[65] 다윗은 뼈가 녹는 것 같았다고 고백했다. 아브라함과 다윗이 느낀 그 고통을 소설은 심리적 죽음으로 설명한다.

소설의 주인공은 혼돈이 주는 심리적 죽음을 대면해야 한다. 이것을 대면하지 않고 회피하면 성장도 멈추고 이야기도 멈춘다. 그게 사울 왕의 이야기이다. 다윗과 달리 사울의 이야기는 지지부진하다. 심리적 죽음을 뚫고 나가지 못했기 때문이다. 감정적 혼돈이 주는 심리적 고통이 크지만, 이것을 반드시 겪어야 하는 이유가 있다. 정신과 의사 스캇 펙과 칼 융이 우리에게 주는 조언을 들어보라.

스캇 펙은 "마땅히 겪어야 할 심리적 고통을 피하려는 시도는 모든 병의 원인이 된다"라고 했고, 칼 융 역시 "신경증이란 마땅히 겪어야 할 고통을 회피한 결과"라고 보았다. 두 사람이 똑같은 조언을 하고 있다는 게 중요하다. 심리적 고통이 부정적일 것 같은데 그게 인간에게 꼭 필요한 것으로 해석하고 있다. 인생의 본질은 변화이고, 그 변화는 알을 깨고 나오는 고통을 감수한 결과로 얻어진다.

동화 『터크 애버래스팅』[66]은 우연히 숲속의 샘물을 마시고 영원한 생명을 얻게 된 터크 가족의 이야기이다. 소녀 위니가 막내아들 제시와 사랑에 빠지고 영생의 비밀을 알게 되면서 사건이 시작된다. 그때 고민하는 위니에게 제시의 아빠인 터크 씨가 조언한다. 죽음도 삶의 일부라고. 소녀는 결국 샘물을 마시지 않는다. 그 선택으로 소녀는 죽음을 경험하겠지만 그 덕분에 변화하는 인생의 의미를 깨달으며 산다.

소설과 동화가 비슷해 보여도 결정적인 차이가 있다. 소설을 읽으며 독자는 주인공과 빙의가 되어 감정적 체험을 하지만 동화를 읽을 때는 다르다. 동화를 읽으며 교훈이나 지혜를 얻지만 동화되지는 않는다. 반면 소설에서 독자는 몰입한다. 그 이유는 주인공이 처한 상황에 공감했기 때문이다. 자신이 딤스데일 목사라고 느끼는 순간 독자는 자신의 죄를 어떻게 고백해야 할지 고민하기 시작한다.

위니가 고민하는 건 영생을 누리되 변화하는 삶을 살고 싶기 때문이다. 문제는 그걸 둘 다 가질 수 없다는 것이다. 영생과 변화 중 하나를 선택해야 할 때 위니는 변화를 선택한다. 그 결과 제한된 생명을 갖게 되지만 덕분에 변화하는 인생이 주는 기쁨을 알게 된다. 작가는 한 소녀의 시선을 통해 유한한 생명이 가진 행복을 맛보게 하는데, 이를 통해 우리는 이것을 읽기 전과 다른 사람이 된 느낌을 받는다.

하나님이 혼돈을 주시는 이유는 하나이다. 우리가 저마다 자신의 자아를 확장하도록 하기 위해서이다. 인간의 자아는 저절로 넓어지지 않는다. 마치 새가 알을 깨고 나오는 것 같은 경험을 겪어야만 넓어지고 깊어진다. 그걸 고난을 통해서도 경험하지만, 소설이 전개하는 플롯을 통해서도 인간은 자아를 확장하고, 이 과정을 반복하면서 내가 어디에 있는지도 알고 또 어디로 가야 하는지도 알게 된다.

/
소설 읽는 그리스도인

7장

인생을 소설의 플롯에 넣으면
어떻게 보일까

독자는 뻔한 이야기에 절대로 빠져드는 법이 없기에 작가는 고민한다. 독자가 재미를 느껴야 끝까지 읽을 걸 알기에 소설 속 정보를 조금씩 풀어낸다. 작가가 그 과정을 5단계로 나누면 '발단 – 전개 – 위기 – 절정 – 결말'이고 3단계로 나누면 '설정 – 대립 – 해결'이다. 어느 쪽을 택하든 독자는 이야기가 예상하지 못한 방식으로 전개되고, 이걸 긴장, 갈등, 서스펜스, 반전이 도와주기에 이야기에 빠지게 된다.

소설은 기승전결이란 플롯을 따라 전개된다. 작가는 정보를 일회용 패키지처럼 주지 않고 흐름에 맞춰 등장인물을 소개하고 또 그 인물이 서로 어떤 관계를 맺고 있나, 등을 설명한다. 정보를 조금씩 배분하여 알려주면 인물과 사건 간의 연결고리를 독자가 상상하고, 또 인물들 간에 오해나 갈등으로 예기치 않은 사건이 일어나고 꼬이는데 그게 이야기의 흐름을 만들어낸다.

플롯은 이야기의 뼈대이고 나침반이다. 시나리오 창작에서는 3막 구조를 가장 많이 활용한다. 가장 쉽고 오래된 플롯이다. 구상이 끝나면 작가는 자신의 이야기를 사건과 인물 중 어느 쪽으로 풀어낼지를 결정한다. 추리소설은 사건을 선택하고 순수소설에선 인물을 선택한다. 인물을 선택했다면 인물의 성장과 변화를 그려낼 것이다. 이게 그리스도인에게도 큰 도움이 된다. 그 인물이 곧 나이기 때문이다.

이 플롯을 머릿속에 기억하고 있다가 내가 어떤 일을 겪을 때 내 상황을 플롯 안에 도입해보자. 내가 어떤 상황이고 무엇을 해야 할지가 금세 짐작될 것이다. 5장에서 심리적 죽음을 말했는데 두 번의 플롯 포인트에서 이야기의 흐름이 바뀐다. 주인공은 두 가지 선택 중 하나를 반드시 택해야 하고, 그 선택으로

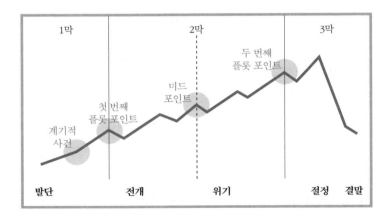

더 큰 시련을 겪거나, 예상하지 못한 사건이 일어나서 더 큰 위기에 빠지는데, 우리도 똑같다.

메인플롯과 서브플롯

소설의 이야기에는 메인플롯이 있고 그걸 채워주는 작은 이야기인 서브플롯이 있다. 메인플롯은 기둥이자 뼈대이고 서브플롯은 가지이자 디테일이다. 이 둘이 유기적으로 연결되어 강물 같은 이야기를 만들어내는데 이걸 플롯이라고 부른다. 이 플롯은 작은 문제로 시작된다. 그 작은 문제를 플롯에선 '이야기의 시작점' 혹은 서사의 방아쇠를 당긴 '계기적 사건'으로 부른다. 계기적 사건은 갈등을 불러일으키게 된 사건이다.

『팅커, 테일러, 솔저, 스파이』가 있다. 영국 작가 존 르 카레가 1974년 쓴 추리소설이다. 도입부에서 독자는 '서커스(영국 정보부인 MI6를 가리키는 은어) 고위층에 소련 스파이가 있다'는 제보를 듣게 된다. 소설 속 인물들도 두더지(스파이)가 누굴지 궁금하지만, 독자도 궁금해서 몸이 단다. 그게 서사의 방아쇠이다. 일단 궁금증이 생겼다면 방아쇠를 당긴 것이다. 이제 스파이가 누군지 알 때까지 독자는 책을 놓지 못한다.

계기적 사건으로 독자는 이야기에 급속도로 빠져든다. 독자가 빠져나가지 못하도록 뒷문을 막으려면 또 다른 사건을 연이어 보여줘야 한다. 그게 '전개'다. 비유하자면 계기적 사건은 작은 샘물 같았지만 이게 점점 커져 강물이 되는 것이 '전개'다. 영화 〈인디아나 존스〉(1981)에서 보면 강물은 바다(결말)에 이르기 전 폭포를 만나는데 이걸 '위기'라고 부른다. 이때 위기를 지난 뒤 바다에 이르기 전 반전을 겪는데 이게 '절정'이다.

선택의 자유

소설을 읽으면서 막연하게라도 기억하는 게 있다면 언젠가 그걸 써먹는 날이 온다. 소설의 이야기나 느낌이나 문장은 내 마음속 어딘가에 흔적을 남긴다. 그게 평소엔 어디에 있는지 알지 못하지만, 외부에서 자극이 주어지면 숨겨져 있던 게 의식의 영역으로 소환된다. 우리는 그것이 주는 느낌을 되짚어보며 전에 알지 못했던 무엇을 알게 되고, 그때 내가 받은 외부 자극을 어떻게 처리해야 할지를 알게 된다.

도표에서 핵심어는 자극, 선택, 반응이다. 자극은 외부에서 주어지는 상황, 고난, 아픔, 감정적 압박 같은 것이다. 이런 자극이 오면 우리는 본능적으로 반응한다. 대개는 밀쳐내거나 회피할 것이다. 하지만 자극과 반응 사이에 작은 공간이 있다. 이게 아주 중요한 공간이다. 인간의 내면에는 이런 공간이 있는데 그 공간에서 내가 하는 선택이 삶의 질을 결정짓는다.

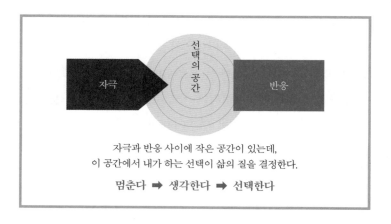

자극과 반응 사이에 작은 공간이 있는데,
이 공간에서 내가 하는 선택이 삶의 질을 결정한다.

멈춘다 ➡ 생각한다 ➡ 선택한다

　도표 하단에 '멈춘다 → 생각한다 → 선택한다'가 있다. 우리
가 반응을 보일 때까지 진행되는 세 단계를 도식화한 것이다.
이것은 순간적으로 일어나지만 잠시 멈춰 생각하는 그 몇 초 사
이에 운명이 바뀔 수 있다. 반응하기 전 잠시 생각을 모으는 동
안 우리의 뇌는 빠르게 기억의 저장 창고를 뒤져 데이터를 검색
한다. 본능적으로 외부 자극에 대처할 방법을 찾는 것이다.

　다윗과 밧세바 사건에서 보듯 성경은 원인과 결과에 따라
분명한 상관관계를 보여준다. 한 사건은 인물에게 자극을 주고
그 인물이 행동하거나 반응하게 하는 원인이 된다. 이것이 곧이
어 다른 결과를 불러오고 이를 통해 주제를 드러낼 수 있다. 이
런 자극과 반응이 소설 『데미지』 곳곳에 나온다. 가장 결정적인
순간은 주인공이 심리적 죽음을 대면할 때이다. 소설에서 '나'는
은둔한 채 쥐 죽은 듯이 살고 있다.

주인공에겐 딸이 유일하게 이어져 있는 끈이다. 아들을 죽게 만들고 아내를 떠나게 했으니 당연하지만, 이것을 화자 '나'는 자신의 실패를 기억함으로 풀어낸다. 그 사람이 삶의 과정에서 기억하는 내용, 그리고 그것을 기억해서 이야기하는 방식이 바로 소설의 시선이다. 모자이크 조각을 맞추듯이 기억의 조각들을 조립하여 그려낼 때 독자는 소설 속 창문을 통해 그의 인생을 들여다보게 된다.

우리는 누군가의 인생을 창문을 통해 들여다보며 배운다. 성 아우구스티누스는 『고백록』에서 기억을 더듬으며 자기 자신을 만나고 창조주를 향해 올라간다. 그는 자신의 인생에서 무엇인가를 기억해내고 그 기억을 이야기하는 방식으로 독자를 깨우친다. 이런 모습이 소설에도 나타나고 우리가 주변에서 듣는 사람들의 이야기에서도 엿보인다.

다윗의 치명적 내상

다윗은 성군이지만 그의 인생을 소설에 넣으면 막장 드라마 같다. 그의 가장 큰 흠집은 밧세바 사건이다. 부하들이 전쟁터에서 싸우고 있는데 다윗은 느지막이 일어나 궁궐 지붕을 산책한다. 그러다 목욕하는 여인을 보고 성욕을 느낀다. 그녀를 불러와 동침했고 임신하자 자신의 죄가 들킬까 봐 남편을 호출한다. 하지만 그가 아내에게 가지 않자 심복 요압을 시켜 죽게 한다. 간음죄에 살인죄까지 범한 것이다.

다윗의 죄는 사무엘하 11장부터 15장에 자세히 적혀 있다. 11장은 다윗의 범죄를 다루고 12장은 나단 선지자로부터 질책을 듣고 회개하는 다윗을 다룬다. 13장은 맏아들 암논이 이복누이 다말을 성폭행하고 압살롬이 복수하는 이야기로 끝이 난다. 14장은 압살롬의 도피(그는 외갓집 그술 땅에서 3년을 머문다)와 예루살렘 귀환을 다루고, 15장은 압살롬의 정치적 야심과 모반을 다룬다. 다윗은 갈수록 엄청나게 흔들리고 있다.

하나님은 다윗에게 언약을 통해 약속하셨다. "네 집과 네 나라가 내 앞에서 영원히 보전되고 네 왕위가 영원히 견고하리라"(사무엘하 7:16) 방심했던 탓일까 다윗은 암몬과의 전쟁을 조카 요압에게 맡겼고, 그 사이에 다윗은 한 번의 외도로 치명적인 내상을 입었다. 『데미지』에서 작가 조세핀 하트는 상처 입은 사람은 위험하다고 말하는데 다윗이 그랬다. 상처는 사람을 단단하게 만들지만 얼어붙게도 만든다.

후에 보니 다윗의 말년이 피곤하다. 아들을 셋 잃었고[67] 딸과 후궁들이 강간을 당했고 자신의 군대와 압살롬 군대가 내전을 벌여 2만 명이나 죽었다. 사무엘서는 이 모든 걸 다윗이 밧세바를 범한 성범죄에 대한 심판으로 설명한다. 다윗은 권력의 정점에서 추락하는데 그 모습이 꼭 『데미지』주인공의 모습 같다.

운명 같은 사랑이 있을까

살다 보면 설명할 수 없는 일이 일어나는데 그걸 '운명'이라고 부른다. 『데미지』는 운명 같은 사랑에 빠진 중년 남자를 보여준다. 주인공 '나'는 다 가진 것 같지만 허전하다. 의사와 정치인으로서 성공했지만 그게 꼭 공연 같다. 그러다 안나 바턴(영화에선 줄리엣 비노쉬)을 만났는데 순식간에 빠져들었다. 기쁨과 갈망으로 몸이 떨렸던 그때의 느낌을 그는 '내 삶은 처음 그녀를 본 순간 끝나버렸다'라고 표현한다.

그를 보면 궁궐 지붕에서 목욕하는 밧세바를 보고 단번에 빠져든 다윗이 보인다. 오십 대의 두 남자에게 안나와 밧세바는 딸뻘이다. 『데미지』의 주인공은 실패했다. 소설은 그가 어떻게 유혹에 빠져 가족을 속였는지를 풀어내는데 '누군가에게 이런 일이 있었다'(정보)가 아니라 '나라면 어땠을까'(적용)로 읽으면 시선이 달라진다. 소설에서 아무도 몰랐던 한 사람의 이야기를 통해 시대가 흘러가는 모습을 보게 된다.

도입부에서 화자 '나'는 야망을 모두 이루어 축복받은 삶, 괜찮은 삶을 살고 있지만 '이게 누구의 인생이지?'라며 고민한다. 이게 사건의 시작을 알리는 전조이다. 겉으로 드러난 '나'의 삶은 훌륭하고 사회적으로 성공했다. 그런데 '이게 누구의 인생이지?'라고 묻고 있다면 뭔가 위험 신호가 켜진 것이다. '나'는 출세 뒤에 감춰진 자신의 민낯을 보고 고민할 때 우연히 아들 애인을 만났는데 이게 계기적 사건이다.

작가는 독자의 감정을 뒤흔드는 장면으로 이야기를 시작하는데 다윗의 이야기라면 골리앗을 죽인 게 계기적 사건이다. 이를 계기로 다윗은 순식간에 사울 왕과 연결되고 앞으로 전개될 모든 사건의 핵심 속으로 뛰어들게 되기 때문이다. 이걸 『데미지』는 첫 만남으로 보여준다. 작가는 '보여지는 나'가 '바라보는 나'(자신과 가족을 속인 비겁하고 어리석은 나)로 바뀌는 걸 보여주면서 재난의 시작이 된 원인을 알려준다.

내면이 비어 있었지만, 그는 그 사실조차 알지 못했다. 사랑으로 내면을 채웠다고 생각했지만, 나중에 보니 내면을 채운 건 무지와 성욕이었다. 그래서일까, 이 소설을 읽으면 꼭 우리의 모습 같아서 가슴이 아릴 것이다. 이야기는 단순해도 슬픔과 고통이 있다. 주인공 '나'는 4개월간의 외도가 바꿔놓은 인생을 털어놓는데 그게 다윗의 이야기 같고 우리의 이야기 같다.

데미지가 주는 경고

『데미지』는 피곤한 소설이다. 소설로 읽으면 덜하지만 영화로 보면 더 피곤하다. 화자 '나'는 파국을 예감했어도 성욕에 눈이 멀어 그 길을 갔다. 그 잘난 사람이 4개월 만에 처참하게 무너지는 걸 보면서 느낀다. 인생이 거기서 거기라는 걸. 소설은 일탈이 얼마나 가볍고 또 무거운가를 화자의 고백으로 보여준다. "나는 50세가 되는 해 죽지 않았다. 현재 나를 아는 사람은 누구나 그것을 비극으로 여긴다."

외도가 발각되면 그 일이 일어나게 된 상황 파악이 쉽다. 하지만 외도가 진행되는 과정에선 누구나 자신을 제대로 읽지 못한다. 우연한 만남이 필연 같고, 쾌락은 원하기만 하면 언제든지 얻을 수 있는 일로 변하니 경고 시그널이 보이지 않는다. 그는 처음엔 안나의 계부에게 들킨다. 안나에게 질투심을 느낀 그가 포도주 잔을 깬 걸 본 것이다. 외도를 눈치챈 계부는 헤어지라고 말했지만, 그는 무시한다.

이후엔 아내가 눈치를 챈다. 아내는 뭔가 일어나고 있다고 말하며 외도를 잘 정리하라고 말한다. 하지만 그는 "난 안나를 만나기 전까지는 진짜로 살아 있지 않았어"라고 변명하며 자신을 속인다. 사랑에 눈먼 사람에게 진실이 보일 리가 없다. 그런 착각을 작가는 그가 관능을 폭발하는 모습(43, 50, 61, 68, 158, 183, 186, 257쪽)과 호텔에서 극도의 행복감을 느끼며 음식을 먹는 모습으로 묘사한다.

보통 죄가 발각되는 순서가 있다. 죄책감이 첫 번째이고, 두 번째는 가족이 눈치를 채는 것이고, 세 번째는 친구나 지인이 눈치를 챘다. 이 세 단계를 넘으면 죄는 소설에서처럼 반드시 공개적으로 폭로된다. 소설에선 두 번째와 세 번째 단계가 바뀌었다. 작가는 그 이유를 그의 아내는 30년을 함께 살았음에도 남편이 지난 4개월 동안 자신을 속였다는 사실을 몰랐기 때문이라고 아내 편을 들어준다.

소설에 보면 그는 바깥 경계를 든든하게 세운다. 일이 많다는 합리적인 이유를 대고 야근을 하고 출장을 간다. 목적은 하나, 아내와 아들을 속이고 자신의 은밀한 삶을 지속시키기 위해서이다. 그와 안나는 자신들만의 공간을 구한다. 그는 아파트를 '나의 왕국'이라고 부르고 안나는 '나의 은신처'라고 부른다. 이곳에서 둘은 욕망을 거침없이 채우지만 그게 주는 경고 시그널을 마지막까지도 보지 못한다.

우리는 속기도 하고 속이기도 한다. 자기 자신에게 말이다. 그는 안나와 사랑에 빠졌다고 생각했지만, 후에 보니 그건 사랑이 아니었다. 소설 끝에서 그는 안나를 우연히 본다. 임신하여 아이와 남자와 함께 있는 안나를 보고 택시를 타고 귀가하는데, 영화에선 이때 그의 마음을 이렇게 표현한다. '인생은 이해할 수 있는 것도 알 수 있는 것도 아니다. 우리는 알 수 없는 감정 때문에 사랑에 빠졌다'라고.

가족을 속이면서 욕망을 채울 땐 좋았다. 그 비극적인 끝을 보기 전까지는 말이다. 안나는 자신이 상처를 받았다는 것으로 자신을 속이고, 주인공은 진짜 인생을 살고 싶다는 것으로 자신을 속인다. "악한 사람들과 속이는 자들은 더욱 악하여져서 속이기도 하고 속기도 하나니"(디모데후서 3:13)라는 말씀이 빈말이 아니다. 욕망은 천천히 지쳐서 잠들지만 절대 나를 놓지 않으려

한다는 걸 그와 다윗이 보여준다.

사랑이 있는 곳에는 고통이 함께한다는 걸 느낀다. 그래서 일까, 작가는 주인공을 벼랑 끝으로 몰아세운다. 그건 아마도 그가 자신에게만은 진실하기를 바라기 때문이리라. 하나님도 비슷하시다. 다윗을 극한상황에 몰아붙이시는데 그가 자신의 밑바닥을 보길 원하셨기 때문이다. 다윗이나 소설의 나가 자신의 밑바닥을 들여다보는 시간이 중요하다. 대단한 비밀이 아니어도 내면이 드러나야만 인간은 변하기 때문이다.

가족, 친구, 사랑, 이런 소중한 무언가가 없어지고 난 그제야 우리는 그것들이 인생에 주어진 선물인 것을 깨닫는다. 사실 우리는 자신이 누구이고 무얼 원하는지 알기 쉽지 않다. '나'는 뒤늦게 진짜 사랑은 아련하고 서럽고 아름답고 진실하다는 걸 깨닫는다. 이런 사랑을 일찍 알았더라면 그는 견딜 수 없는 삶을 견뎌냈을 것이다. 하지만 뒤늦게 자신의 '어둠'을 드러내며 견딜 수 없는 삶을 견뎌내고 있다.

왜 문제를 해결하지 못했을까

다윗은 영웅이지만 여자 문제로 고생이 많았다. 왜 그런 삶을 일찍 끊어내지 못했을까? 그는 남의 여자를 탐냈고 그 죄를 숨기려고 살인까지 했다. 그게 꼭 『데미지』속 '나'와 『7년의 밤』[68] 속

최현수 같은데 다윗은 진짜 하나님도 속일 수 있다고 생각했을까. 이런 질문에 대한 답을 찾아갈 때 우리는 다윗을 읽지만, 실제론 나를 읽는 것이다.

① 다윗의 젊은 날

김영하 작가는 "자신의 감정을 언어화할 수 있는 사람이 강한 사람이다"라고 말한 적이 있다. 다윗이 밧세바와 동침한 사실을 들켰을 때 쓴 시(시편 51편)나 사울 왕에게 쫓겨 가드 왕에게 망명했을 때 그가 골리앗을 죽인 다윗임이 들켜 죽게 되자 살기 위해 미친 흉내를 낸 사건(사무엘상 21:10~15)에 대해서 쓴 시(시편 56편)를 읽는다면 김영하의 지적이 맞다. 하지만 다윗도 실제론 속마음을 교묘하게 감추었다.

다윗의 인생을 소설이나 영화로 만든다면 작가는 그가 양을 치는 모습을 도입부에서 보여줄 것 같다. 형들과 달리 집에서 존재감이 없는 모습, 그가 어디에도 마음을 두지 못해 들판에서 돌을 던지며 마음을 달래고 또 양들을 살뜰히 돌보는 모습. 이런 모습을 짧고 간략하게 묘사한 뒤 골리앗과의 싸움을 그의 이야기를 시작하기 위한 계기적 사건으로 쓸 것 같다. 그가 단번에 스타가 되면서 이야기가 빨라진다.

다윗이 사울 왕의 사위가 되고 인기가 치솟으면서 사울이 긴장하는 모습이 눈에 들어온다. 그리고 요나단과 친구가 되지만 사울 왕에게 핍박을 받기 시작한다. 갈등이 본격화되고 결국

아내 미갈의 도움을 받아 도피한다. 이후 갈등이 광야에서 펼쳐지면서 그가 가드 왕에게 망명하는 장면을 그려 넣을 것이다. 이 장면에서 다윗은 약속의 땅을 떠나지 않아야 하지만 현실적인 대안이 없어 고민하는 모습을 그릴 것 같다.

괜찮은 소설의 주인공은 반드시 입체적으로 그려진다. 다윗도 입체적인 인물로 그리려면 그의 내면을 들여다보는 장면이 필요하다. 밧세바의 임신이 드러난 뒤 고민하는 모습, 광야를 떠나지 말아야 하지만 도피에 지쳐 고민하는 모습, 사울 왕이 죽은 뒤 자신을 왕으로 추대할 줄 알았는데 다른 지파들이 이스보셋을 추대하여 당황하는 모습, 왕으로 추대받기 위해 재혼한 미갈을 강제로 빼앗는 모습 등이다.

다윗은 이십 대에 갈팡질팡했다. 십 대 땐 사무엘이 가르쳐 주었지만 혼자 배우는 시간도 필요한 법이다. 광야 10년은 홀로 서는 시간이었다. 그 10년을 잘 버텨냈지만 긴 병에 효자가 드문 법. 인내하는 것도 한계치에 이르자 그도 아브라함처럼 타협한다(창세기 12:10). 하나님이 그를 왕으로 세울 것이라고 약속하셨지만 그는 합리적인 대안(잠시 가드 왕에게 의탁하여 사울 왕이라는 소나기를 피하자)을 선택한다.

이 선택이 나쁜 건 아니었다. 당시 블레셋은 철에 대한 지식을 독점한 히타이트 민족의 분파여서 다윗은 가드에서 지내면서 야금술을 알게 된다. 철을 다루는 걸 본 것이다. 하지만 그가 블레셋의 가드 왕에게 망명해서 용병이 된 것은 가볍게 덮고 넘어갈 문제가 아니었다. 그것은 다윗에겐 치명적인 결격사유였다. 적국에 두 번이나 망명한 사람을 이스라엘 백성들이 어떻게 왕으로서 신뢰할 수 있을까?

사울이 죽은 뒤 다윗은 자신이 당연히 왕이 될 것으로 생각했을 것이다. 경쟁자가 없기 때문이다. 하지만 이스라엘 백성들은 이스보셋을 선택했다. 7년이 흐르면서 다윗은 초조해졌다. 그가 아브넬과 밀약한 뒤 사절단을 보내 미갈을 데려온 것도 자신이 사울 왕의 사위로서 왕위를 계승할 자격이 있다는 것을 보여주려는 심사였다. 평소에 미갈을 찾았다면 흠이 되지 않았겠지만, 그는 그 전엔 미갈을 외면했다.

다윗은 도피 생활 중 미갈을 찾지 않았다. 미갈의 도움으로 목숨을 구했음에도 말이다. 그것은 둘의 결혼이 사랑이 아닌 정치적인 결혼이었음을 말해준다. 자기 집에서도 존재감이 없는 양치기가 왕의 사위가 되다니 그는 자신에게 주어진 행운에 놀랐을 것이다. 하지만 조금씩 정치권력을 갖게 되자 자신의 결핍을 여자를 얻는 것으로 채워간다. 다윗은 아내를 최소한 열일곱 명이나 두었다. 결코 적은 숫자가 아니다.

다윗은 40년을 재위했지만 그중 7년은 유다 지파에서다. 다른 지파는 사울의 넷째 아들 이스보셋(사무엘하 2:8)을 왕으로 섬겼다. 이런 다윗의 초조감을 아브넬이 눈치챈다. 아브넬은 원래 이스보셋의 사람이었는데, 사울 왕의 후궁을 건드려서 이스보셋에게 질책을 받았다. 그러자 자존심이 상해 다윗과 밀약을 맺었고 다윗은 조건을 내세운다. 미갈을 데려오면 내가 너를 중용하겠다고 약속한다(사무엘하 3:12~21).

다윗과 아브넬 간의 밀약은 군대 장관 요압이 죽기 살기로 전투를 하던 시기에 이루어졌다. 후에 이 사실을 알게 된 요압은 분노를 느끼고 이때부터 자기 밥그릇을 챙기게 된다. 요압이 다윗과 거리를 두니 둘 사이에 긴장 수위가 높아진다. 요압도 정치를 아는 사람이니 자기에게 유리한 경우의 수를 따져보았을 것이다. 그는 압살롬에게 붙었다가 나중엔 압살롬을 제거한다. 이런 요압이 다윗에겐 부담이 된다.

다윗은 왕이 되면서 고생이 끝날 줄 알았는데 아니었다. 왕이 되면서 인생이 더 꼬였다. 그가 쓴 시편을 보면 10년간의 도피 생활로 인해 얼마나 힘겨웠는지가 보인다. 하지만 그의 말년을 보면 이 도피 시절이 도리어 가장 행복한 시절이었다는 게 보인다. 비록 사울 왕의 감시와 추적에 시달려 두렵고 고생스러웠지만, 함께하는 공동체가 있었다. 하지만 힘이 생기면서 그도 절대 반지가 주는 권력의 힘에 붙잡혔다.

② 다윗의 말년

다윗 일가의 삶이 얼어붙어 있다. 일단은 왕위 계승 후보군이 너무 많다. 왕자가 열아홉 명이고 솔로몬은 서열 10위다. 왕위 계승을 둘러싼 암투가 치열했을 것이다. 그 와중에 불미스러운 사건이 터졌다. 장남 암논(모친은 아히노암, 이스르엘 여인)이 이복

누이 다말(모친은 마아가, 그술 왕 달매의 딸)을 범했다(사무엘하 13:1~14). 한데 다윗이 징계 없이 말로만 혼냈고 화가 난 다말의 오빠 압살롬이 2년 후 암논을 죽인다.

압살롬은 그 길로 외할아버지 달매(그술 왕 암마홀의 아들)에게 도망쳤다. 3년 후 요압(다윗의 조카, 군대 장관)이 청원하자 다윗은 압살롬이 예루살렘으로 돌아오는 것을 허락한다. 하지만 다윗이 압살롬과 화해한 건 그 후 2년이 지나서이다. 그 둘은 적어도 5년간 손절했다. 왜 이런 일이 생겼을까? 그것은 사실 다윗이 자처한 것이다. 암논을 혼내고 후속 조치를 단호하게 했으면 형제 살해는 일어나지 않았을 것이다.

다윗이 왜 단호하지 못했을까? 자신도 부끄러운 과거가 있었기 때문일 것이다. 자신이 한 실수가 있으니 암논을 꾸짖기가 어려웠을 것이다. 다윗이 암논을 후계자로 마음먹고 있었다면 더 그랬을지도 모른다. 말년의 다윗을 보면 『데미지』 속 '나'가 살짝 보인다. 분명한 경고의 시그널이 켜졌는데 보지 못한다. 완전한 사람은 있을 수 없기에 바로 이것이 소설 『눈먼 자들의 도시』에서 눈여겨보는 지점이다.

작가는 악에서도 선이 나오고 선에서도 악이 나오지만, 후자에 대해서는 우리가 잘 이야기하지 않는다고 말한다.[69] 다윗을 보면 후자가 보인다. 그 시작은 그가 하나님께 묻는 횟수다. 광야를 떠돌 땐 늘 물었지만 사울이 죽자 묻는 횟수가 뜸해진다. 이제 경쟁자가 사라졌고 힘을 가진 다윗은 하나님께 굳이 묻지 않아도 문제를 해결할 수 있었다. 이 경고 시그널을 죽을 때까지 보지 못한다.

③ 다윗의 뒤끝[70]

열왕기상 2장에서 다윗은 솔로몬에게 네 가지를 유언한다. ① 여호와의 율법을 잘 지킬 것. ② 요압을 죽일 것. ③ 길르앗에 사는 바르실래의 아들들을 잘 챙겨줄 것. ④ 시므이를 죽일 것. 율법을 잘 지키라는 당부는 당연한 것이지만 요압과 시므이는 개인적인 원한과 연결되어 있다. 그는 신실했지만 뒤끝이 있었다. 그것이 요압과 시므이를 반드시 죽여야 한다고 솔로몬에게 유언으로 당부한 데서 드러난다.

다윗이 압살롬의 반란으로 도피할 때 시므이가 다윗을 저주한 것을 기억할 것이다. 반란이 제압되어 환궁할 때 시므이가 그 앞에 나가 용서를 구하고 다윗은 그를 공개적으로 용서했다. 이 일로 지지도가 높아졌을 텐데 그런 다윗이 솔로몬에게 시므이를 죽이라고 유언하고 있다. 다윗도 뒤끝이 있다. 뒤끝이 있다는 것은 앞서 한 용서가 마음에서 우러나온 진심 어린 행동이 아니었다는 것을 보여준다.

우리는 시므이를 악하다고 여기지만 그가 다윗을 저주한 데는 나름의 이유가 있다. 갑자기 아브넬이 오더니 미갈을 강제로 다윗에게 데려가려고 한다. 미갈의 남편은 처량하게 울면서 바후림까지 따라오는데 아브넬은 그를 쫓아 보낸다. 그 처참한 모습을 바후림에 사는 시므이가 분명히 보았을 것이다(사무엘하 3:15~16). 그 모습이 남 일로 보이지 않았을 것이다. 미갈은 죽은 사울 왕의 딸이었기 때문이다.

다윗이 요압을 죽이라고 유언한 것도 같은 맥락이다. 요압 은 다윗의 조카(누나 스루야의 아들)이다. 혈육이니 중용했고 다윗 의 의중을 누구보다 잘 읽어서 우리아를 죽일 때도 그에게 밀서 를 보냈다. 다윗의 비밀을 누구보다 많이 아니 발언권이 세다. 모두가 다윗의 명령을 받을 때 그 혼자만 다윗에게 반대 의견을 냈다. 그런 요압이 늙어가는 다윗에겐 점점 껄끄러운 존재가 된 다. 정치적 입김 때문이다.

압살롬의 반란 때 다윗은 압살롬을 죽이지 말라고 했지만 요압은 죽여버린다. 다윗이 압살롬의 죽음을 전해 듣고 슬퍼하 는데 요압이 한마디 한다. 우리는 목숨을 걸고 싸웠는데 왕이 이러고 있으면 우리는 뭐가 되느냐, 그 한마디에 다윗이 움찔한 다. 다윗이 느꼈을 속마음이 유언에 나타난다. 겉으론 율법을 지키라고 말했지만, 현실적으론 이해타산이 분명했던 사람이 라는 걸 유언이 보여준다.

다윗은 바르실래 아들들은 잘 챙겨주라고 말한다. 길르앗은 변방이고 바르실래는 압살롬에게 쫓겨난 다윗을 받아준 사람 이다. 그러니 그의 자녀를 후대하라고 한 것이다. 반면 시므이 와 요압은 빨리 제거하라고 말한다. 시므이에게는 개인적인 분 노가 남아 있었고 요압은 솔로몬에게 정치적 부담이 되었다.

좌절은 정금으로 만든다

소설에는 다양한 감정이 나오지만 그중 특출나게 중요한 감정이 있다. 바로 좌절(혹은 절망)이다. 좌절은 주인공의 기대가 꺾이는 시간이다. 『노인과 바다』에 보면 노인은 청새치를 잡았을 때 잔뜩 기대했다. 이제 고생 끝이었기 때문이다. 그런데 상어 떼가 나타나서 다 뜯어 먹는다. 사흘간의 수고가 헛되이 끝나 노인은 좌절한다. 소설의 주인공은 모두 노인 산티아고가 겪은 좌절을 맛본다.

소설에서 좌절이 중요한 것은 이걸 경험한 뒤 주인공은 분명 어떤 행동을 할 것이기 때문이다. 어부는 상어 떼가 나타나자 기민하게 움직인다. 청새치를 잃고 싶지 않기 때문이다. 작살과 노와 몽둥이를 챙기지만 하나씩 잃는다. 그의 분노는 그가 상어 몸에 쑤셔 넣는 작살과 꼬챙이로 표현된다. 그가 소리 내어 말하지 않아도 행동이 그의 분노를 보여준다. 그는 좌절하고 싶지 않은 것이다.

노인이 상어 떼와의 싸움에서 진 뒤 보여주는 태도도 놀랍다. 분명 좌절하여 분노가 있을 텐데 조용히 항구로 귀환하고 지친 채 잠이 든다. 그를 따르던 아이가 잠이 든 노인의 두 손에 난 상처를 보고 운다. 얼마나 힘겨운 싸움이었는지를 본 것이다. 이 이야기의 진수는 소설을 읽으며 독자의 마음에서 일어나는 변화에 있다. 그 변화는 우리가 아직 만난 적이 없는 어떤 느낌을 만나게 한다.

누구나 살다 보면 안 풀리는 시기가 있다. 하는 일마다 꼬이고 엎어지는 시간이다. 다윗도 그걸 초년과 말년에 경험한다. 골리앗을 죽이고 왕의 사위가 되면서 잘 풀릴 것 같았던 인생이 꼬이기 시작한다. 그의 인기가 너무 높아지자 사울 왕이 그를 죽이려고 한다. 그 후 10년을 쫓기는 생활을 한다. 그가 두 번이나 블레셋 가드 왕에게 망명을 한 것도 도피 생활이 너무 힘들었기 때문이다. 이게 첫 번째 좌절이다.

우리도 다윗처럼 가끔 바보짓을 하는데 대개는 '감정적 압박' 때문이다. 원인은 다양하지만, 보통 두려움과 돈 때문에 감정적 압박을 느낀다. 다윗이 적국인 가드 왕에게 투항한 것은 사울 왕의 추적이 두려웠기 때문일 것이다. 어떡하든 숨고 싶은데 더 숨을 곳이 없고 사울이 보낸 감시자의 눈길을 피하기가 어려워지자 심리적 압박을 받았다. 이게 심해지니 다윗은 상황 논리에 빠졌다.

다윗은 자신이 사는 길은 하루라도 빨리 이스라엘 땅을 벗어나는 수밖에 없다는 결론을 내렸다. 그러자 그가 취할 행동이 선명해진다. '그래 가드 왕을 찾아가면 되겠구나.' 가드 왕이 누군가, 그가 죽인 골리앗이 태어난 성읍의 통치자이다. 하지만 상황 논리에 빠져버리니 중요한 사실 하나를 다윗이 잊었다. 하나님이 자신을 이스라엘의 차기 왕으로 선택하셨다는 사실을 잊은 것이다.

두려운 건 상황을 보기 때문이다. 마태복음 14장에 보면 갈릴리 바다에 풍랑이 일자 제자들은 두려워서 떨었다. 그때 예수님은 서둘러 바람을 멈추거나 거친 물결을 잠재우지 않으셨다. 먼저 그들에게 다가가 '안심하라 나니 두려워하지 말라'(마태복음 14:27)고, 주님이 그들과 함께 있다는 사실을 일깨워주셨다. 하지만 상황, 고민, 문제에 붙잡히면 우리는 중요한 걸 잊는다. 주님이 우리와 함께한다는 사실이다.

사울이 혼란스러웠던 건 사람들의 시선이 다윗에게만 쏠렸기 때문이다. 그는 그걸 왕의 권위가 약해지게 만든다고 해석했다. 두려워진 것이다. 그럼 더 노력하고 하나님께 기도해야 하는데 그는 자신이 생각하는 가장 합리적인 방법을 선택한다. '다윗을 없애면 되겠구나.' 주님이 이전에도 그와 함께했다면 앞으로도 그와 함께하실 텐데 그는 그걸 믿지 못했다. 이게 우리의 일상에도 그대로 나타난다.

다윗의 두 번째 좌절은 말년에 찾아왔다. 모든 게 안정되었는데 자식들이 말썽이다. 큰아들 암논이 이복누이 다말을 범하고 압살롬은 암논을 죽인다. 3년 후 도망간 압살롬을 불러들이지만, 그가 민심을 얻어서 반역을 일으킨다. 또 다윗은 노년에 자신의 치적을 확인하려고 인구조사를 했다가 3일간 온 나라가 전염병에 시달리는 벌을 받게 된다. 한마디로 그는 인생에서 추운 겨울을 맞고 있다. 다윗은 위기에 빠졌다.

다윗이 겪는 좌절을 소설의 주인공도 경험하고 우리도 경험한다. 비 온 후 땅이 굳어지듯이 좌절 후 삶이 단단해질 수 있다. 우리를 대신하여 좌절을 겪는 소설의 주인공도 좌절 앞에서 크게 흔들린다. 소설의 주인공도 인간이어서 크게 꺾이고 난 뒤 어부 산티아고처럼 자신을 지키는 인물도 있지만 소설『모든 것이 산산이 부서지다』⁷¹⁾ 속 오콩코처럼 그렇지 못하기도 한다. 오콩코는 목을 맸다.

성공한 사람은 예외 없이 좌절을 겪었다. 그중 몇몇은 명언까지 남겼다. 명언을 남겼다는 건 쓴맛을 봤다는 뜻이고 동시에 좌절하는 동안 뭔가를 배웠다는 뜻이다. 좌절이 쓴맛만 남기는 경우는 드물다. 대개 보면 뭔가를 우리 안에 남기는데 그것은 우리가 자신 안에 있는 그림자를 떨쳐내라는 뜻이다. 햇볕만 있는 인생을 살면 좋을 것 같지만 그렇게 살면 사막이 된다. 좌절은 사막에 내리는 비다.

믿음의 분량대로

한국에는 작가가 되는 과정이 있다. 신춘문예나 문예지 중 하나를 통과해야 한다. 등단에 성공한 작가치고 무명의 시간을 보내지 않은 사람이 없다. 늦으면 10년은 고생한다. 그 시간이 작가 지망생에겐 견디기 힘든 고통이지만 그 덕분에 독자는 새로운 이야기를 만난다. 작가에겐 '자기만의 목마름'이 있다. 무명의 시간은 그 목마름을 자신만의 이야기로 표현하는 언어적 감성을 찾아내는 시간이다.

이상이 천재인 것은 그가 쓴 소설의 첫 문장만 봐도 느낄 수 있다. "스물세 살이오 – 삼월이오 – 각혈이다."(『봉별기』) 이 짧은 세 문장의 조합으로 작가는 인물, 배경, 상황을 요약한다. 문장의 논리로 보면 비문이지만 탄력을 주는 문장의 힘이 매력적이다. 굳이 〈날개〉를 인용하지 않아도 안다. 첫 문장이 좋은 소설은 마지막까지 좋다는 걸. 세월이 변해도 좋은 문장은 마음속에서 끊임없이 재생되는데 이걸 작가들이 꿈꾼다.

하지만 이상도 처음에는 아마추어였다. 천재로 불린 이상도 처음부터 천재는 아니었다. 작가를 눈여겨보면 그가 다른 생각, 다른 문장, 다른 시선을 어떻게 찾아내는지가 보인다. 그 역시 자기 자신과 주변의 세계를 집요하게 관찰했을 것이다. 그가 남긴 놀라운 작품들은 집요한 관찰의 산물이다. 이상은 〈오감도〉나 〈날개〉에서 보듯 익숙한 것을 낯설게 낯선 것은 익숙하게 보며 자신이 비집고 들어갈 작은 틈새를 찾아낸다.

문제는 이 '작은 틈새/언어적 감성'을 누구에게 배울 수 없다는 것이다. 이 감성은 대개 작가가 노력하는 과정에서 자연스럽게 터득된다. 최은영 작가의 단편 〈모래 위에 지은 집〉에 이런 문장이 나온다. "난 인간이라면 모든 걸 다 이겨낼 수 있다고 말하는 어른이 되지 않을 거야."[72] 이런 문장을 뽑아내는 감성이 생기면 작가가 되는데 이걸 얻기까지가 무척 고되다. 정유정 작가는 등단에 실패할 때마다 자신에게 물었다.

너는 작가가 되고 싶은가, 아니면 글을 쓰고 싶은가?

작가가 된다는 건 직업을 말한 것이고 글을 쓴다는 건 욕망(목마름)을 말한 것이다. 이 둘이 대개는 겹쳐지지만, 엄밀히 따지면 다르긴 하다. 정유정은 글을 쓰고 싶다고 고백한 다음에야 좌절감을 떨쳐낼 수 있었다. 등단 과정은 이스라엘 백성이 걸었던 광야의 여정과 비슷하다. 자신을 알아가고 하나님을 알아가는 길이다. 이 과정을 거치면서 작가는 자신만의 이야기를 어떤 스타일로 풀어내는지를 알게 된다.

영화 〈늑대와 춤을〉(1990)의 원작 소설이 있다. 마이클 블레이크가 1988년 어렵게 출간한 소설이다.[73] 내용은 이렇다. 미국 국경에 북군 중위 존 던바가 파견된다. 그가 우연히 수우족 인디언을 만났고 친구가 되면서 운명이 바뀐다. 흥미로워 보이는데 독자가 없다. 다들 이 소설이 나온 줄도 몰랐다. 작가는 식당에 온 친구에게 소설을 건넸고 친구는 그걸 읽고 영화로 만들 결심을 한다. 그가 케빈 코스트너이다.

블레이크는 식당에서 알바를 해야 했다. 안정된 직장을 구하지 못한 건 글을 쓰고 싶었기 때문이다. 글을 쓰는 건 쉽지 않았고 생계는 더 힘들었다. 그런 순간이 오면 꿈을 썼다가 지우는 과정을 끊임없이 겪게 된다. 이걸 이겨낼 뾰족한 방법은 없다. 그저 자신을 격려하며 노력해야 한다. 힘들어도 그 과정은 나만 겪는 게 아니다. 등단한 작가는 모두 비슷한 과정을 거쳐서 현재의 자리에 왔다.

작가 지망생은 자신이 하고 싶은 일을 어떻게 설명해야 할지 몰라 막막할 때가 있다. 자기 앞가림도 못하는데 글을 쓰다 보면 흔들린다. 김금희 작가(『경애의 마음』[74]을 썼다)는 그 느낌을 '혼자만 벌을 받는 것 같았다'고 했지만, 결국엔 자기만의 속도로 곤경에서 빠져나왔다. 성경도 비슷하다. 하나님이 개입하셔서 단번에 사건을 해결하는 예(아브람이 파라오에게 아내를 누이라고 말했을 때)도 있지만, 대부분은 그대로 두신다.

사람들은 작가가 특별한 영감을 얻어서 글을 쓴다고 생각한다. 그런 작가도 있을 것이다. 하지만 대다수는 수없는 실패를 통해 터득한 글쓰기로 단단해진 사람이다. 한 번 단단해지기가 어렵지 일단 단단해지면 그다음부터는 수월하다. 작품을 잉태하는 고통이 해산의 기쁨으로 이어진다는 걸 경험적으로 알기 때문이다. 나는 우리의 신앙도 작가의 등단 과정과 비슷한 방식으로 여물어진다고 생각한다.

하나님은 '나'라는 존재에 대한 큰 그림을 가지고 계신다. 그 것을 로마서에선 '믿음의 분량'(로마서 12:3)이라고 부른다. 이 믿음의 분량은 고정된 것처럼 보이지만 사실 내가 하는 선택을 통해 바뀐다. 선택이 나라는 존재를 빚어내는 것이다. 자신에게 불리한 선택을 하면 믿음의 분량은 늘어나게 된다. 소설에서 주인공이 성장하듯 현실 속 우리 역시 같은 방식으로 성장한다.

변화는 시간의 선물

변화는 우연히 일어나는 것 같아도, 아니다. 영화 〈타이타닉〉에서 관객이 받은 감동은 치밀한 플롯이 주는 선물이다. 우리는 드라마에서 플롯이 하는 역할을 잘 의식하지 못한다. 하지만 우리가 느낀 벅찬 감동은 알고 보면 치밀한 플롯이 불러일으킨 변화였다. 우리가 성경을 읽고 설교를 듣지만 내 안에서 어떤 변화가 일어나지 않는다면 원인은 하나다. 서사의 방아쇠를 당기지 않은 것이다. 당겼다면 변한다.

서사의 방아쇠를 당기면 우리는 무방비 상태가 되고 동시에 감성도 예민해진다. 그래서 작가가 '달이 꽉 찬 듯 빛날 때조차 반쪽은 어둠 속에 있다'라고 묘사해도 그걸 스스럼없이 받아들인다. 이야기에 몰입할수록 더 적극적으로 받아들이기에 내 생각, 내 감정, 내 고집이 바뀌고 편집되고 수정된다. 이런 변화가 일어나는 건 허구의 세계에 들어가면 정보를 처리하는 방식이 근본적으로 달라지기 때문이다.

다들 경험했겠지만, 우리는 변화를 염원하지만 그게 저절로 얻어지지 않는다. 열심히 살아도 자신이 싫어지는 순간이 있고, 일이 뜻하는 대로 풀리지 않아 짜증이나 화가 날 때가 있다.

그럴 때 나는 성경 읽고 기도하면 금세 바뀔 줄 알았지만 그렇지 않았다. 아주 잠시 거룩해졌지만, 곧 다시 부패한 본성이 되살아나서 무척 당황스러웠다. 이걸 한두 번이 아니라 수십 번씩 반복하게 되자 고민이 되었다.

누구는 삶이 바뀌었다는데 왜 나는 아닐까, 나의 고민은 여기서 시작되었다. 간혹 극적인 변화를 겪는 사람도 있지만, 대개는 아주 조금씩 오랜 시간을 두고 변한다. 책이건 사건이건 어떤 자극을 받을 때마다 그에 따른 느낌이나 생각이 내면에서 쌓인다. 무질서하게 쌓여가던 그것들이 어느 날 말씀이나 문장과 부딪히며 뼈 때리는 통찰을 번득일 때, 내 안에서 알 수 없는 뭔가가 터져 나오는데 그때 우리는 변한다.

나를 바꾸는 변화는 그렇게 느닷없이 시작된다. 이게 우연한 일 같아도 실제론 오랫동안 쌓여온 시간의 선물이고 크게 보면 하나님의 섭리이다. 이런 변화가 어떻게 시작되고, 이런 변화를 경험하려면 어떻게 해야 하는지를 조세핀 하트의 『데미지』와 다윗의 삶을 복기하면서 살펴보았다. 남의 일처럼 느껴지던 그들의 삶이 어느 순간 나의 일처럼 다가온다면, 여러분도 '나'라는 한 사람을 알기 시작한 것이다.

8장

소설은 한 사람을 알게 하는데
그게 나일 수 있다

　김광규 시인의 시 〈만나고 싶은〉[75]이 있다. 낯이 익어서 어디에서 만났을까 기억을 더듬지만, 시인은 부딪쳤을 뿐 만난 적이 없다고 말한다. 만나서 식사하고 담소하며 시간을 보냈어도 시선이나 감정의 교류가 없다면 부딪쳤을 뿐 만난 적이 없는 것이다. 그게 예수님이 '나는 너희를 모른다'(마태복음 7:21~23)고 말씀하신 누군가이거나 성도나 지인일 수도 있지만, 소설은 그 한 사람이 '나'일 수 있다고 말한다.

　우리는 교회나 정치가 바뀌어야 한다고 생각하지만 자기 자신이 바뀌어야 한다고는 생각하지 않는다. 휴가 계획을 세우느라 고민해도 나다운 나로 산다는 게 뭘까 고민하지 않는다. 소설은 그런 삶에 안주하려는 나에게 자신의 삶을 들여다보게 하는데 그게 바로 나를 만나는 시간이다. 문제는 나는 나에게로

가는 길을 모르고 너에게로 가는 길도 모른다. 우리에겐 나와 눈을 마주치는 시간이 필요하다.

타인이나 사건처럼 나도 이해의 대상이다. 우리는 나를 만나야 한다. 나를 만나는 가장 극적인 장면은 얍복강에서 천사와 씨름한 야곱일 것이다. 그는 아버지와 형을 속여서까지 복을 받고 싶었다. 불안하긴 했어도 그 계획이 성공해서 멋진 인생을 기대했을 테지만 그런 인생은 주어지지 않았다. 얍복강에서 그는 간절했다. 비겁한 삶을 떨쳐버리고 싶었고 그걸 아시는 하나님은 기회를 주신다.

그가 천사와 씨름하던 순간이 소설에선 '심리적 죽음'과 대면하는 시간이다. 천사와 씨름할 때 그는 정말로 간절했다. 진짜 복을 받고 싶었을 것이다. 야곱이 평생 한 번 한 그런 경험을 소설을 읽으면 수시로 하게 된다. 놀라운 건 소설은 분명 허구인데도 우리의 뇌는 이것을 읽는 것만으로도 실제 사건을 겪는 것처럼, 받아들이고 학습한다는 것이다. 그래서일까, 소설을 읽으면 신기한 일이 일어난다.

나를 바꾸는 자기 인식

자기 인식은 자각이다. 즉 자신이 느끼는 감정이나 생각, 자신의 성격과 사고 패턴, 혹은 다른 사람들이 나를 어떻게 생각하고 어떻게 바라보고 있는가에 대한 자각을 뜻한다. 우리 모두에겐 '자의식'이라는 게 있다. 나는 누구이고 왜 살아야 하는지 같은 고민을 할 수 있는 건 자의식이 있어서다. 이런 인식을 어떻게 하느냐에 따라 삶의 질이 달라진다. 자기 인식을 하는 사람은 만난다는 게 뭔지 안다.

예수님은 사마리아 여인도 만나고 베데스다 병자도 만나셨다. 성경은 예수님과의 만남을 통해 거듭 태어난 사람들에 대한 기록으로 가득 차 있다. 이때의 만남은 부딪힘이 아니라 만남이다. 늙은 소나무 밑에서 '돌'을 하나 보았다고 가정해보자. 그 돌은 어쩌면 몇만 년 몇억 년 된 것일지 몰라도 실은 내가 처음 본 순간 비로소 태어난 것이다.[76] 돌도 이런데 사람은 더 말할 것도 없다.

① 코끼리를 쏘다

조지 오웰의 에세이 〈코끼리를 쏘다〉에 보면 흥미로운 장면이 나온다. 오웰은 스무 살 무렵 미얀마에서 경찰관으로 일할 때 겪은 일을 쓰고 있다. 길들인 코끼리가 있는데 그만 발정이 났다. 사슬을 끊고 뛰쳐나가 시장을 쑥대밭으로 만들었고 소도 죽였고 사람까지 죽였다. 추적해서 찾고 보니 코끼리는 멀쩡했다. 발정이 끝난 것이다. 문제는 2천 명의 주민들이 그가 쏠 줄 알고 따라왔기에 코끼리를 쏴야 했다.

지금 코끼리는 위험하지 않다. 그런데도 오웰은 코끼리를 쏘게 된다. 심리적으로 압박을 받았기 때문이다. 2천 명이나 되는 사람들이 그를 따라왔는데 쏘지 않고 물러난다는 건 미얀마에선 있을 수 없는 일이었다. 비웃음을 사지 않으려면 코끼리를 쏴야 했다. 우리는 백성들의 시선을 의식해서 조급해진 사울 왕을 어리석다 여기지만 만일 우리가 그였다면 심리적 압박을 버텨낼 수 있었을까? 아닐 것이다.

② 브람스를 좋아하세요

소설은 자기 인식의 순간을 정말 많이 담고 있다. 『브람스를 좋아하세요...』가 그중 하나일 것이다. 프랑수아즈 사강이 쓴 소설인데 제목부터 너무 멋지다. 소설은 두 남자 사이에서 갈등하는 여인 폴의 심리를 따라간다. '브람스를 좋아하세요'는 시몽이 폴에게 음악회 티켓을 보내면서 데이트를 신청할 때 쪽지에 적은 말이다. 폴은 6년째 사귀는 애인(로제)이 있지만 잘생긴 연하남(시몽)에게 끌린다.

폴은 요즘 심란하다. 책 한 권을 읽는 데도 엿새가 걸렸다. 책을 읽었지만, 내용은 생각나지 않는다. 그러던 차에 시몽이 쪽지로 물었다. 브람스를 좋아하냐고. 그 짧은 질문이 그녀가 잊고 있었던 내면의 어떤 감정을 건드렸다. 일부러 피하고 있던 어떤 생각을 일깨워주었다. 그것은 자기 이외의 것, 자기 생활 너머의 것을 좋아할 여유를 그녀가 아직도 가졌는지, 묻는 것 같았다.

/
소설 읽는 그리스도인

시몽은 쪽지의 글 하나로 자기 인식을 시작한다. 소설을 보면 시몽이 쪽지를 보내긴 했지만 어떤 철학적인 생각을 갖고 그렇게 썼다는 생각은 들지 않는다. 그저 의향을 물어본 것이다. 하지만 그게 폴이 처한 삶의 자리(콘텍스트)에 떨어지자 '브람스를 좋아하세요'(텍스트)는 전혀 다른 울림을 주기 시작한다. 그게 사랑의 역설이다. 사랑에 빠지면 더 많이 사랑하는 사람이 언제나 약자가 된다.

시몽은 말한다. 난 당신 꿈을 꾸었어요. 당신 꿈밖에는 꾸지 않아요. 시몽은 스물다섯 살의 수습변호사이다. 폴은 시몽보다 열네 살 연상이다. 39세이고 실내디자이너이다. 오래된 연인의 권태기에 시몽이 등장했다. 작가는 폴과 시몽, 로제 사이에 오가는 사랑의 심리를 눈빛, 말투, 몸짓에서 느껴지는 미묘함으로 표현한다. 감정과 대사가 현실적이어서 그런지 몰라도 감정의 흐름이 물처럼 눈에 보이는 것 같다.

소설에선 등장인물들의 감정과 생각이 문장을 통해 전달된다. 물론 생략이 될 때도 있지만 우리는 전후 상황을 통해 추론하고 복원한다. 소설에서 보면 폴이 연상이지만 대사를 비교하다 보면 반대인 것 같다. 경험의 차이가 진짜 나이처럼 느껴진다. 시몽은 자신의 감정을 전부 다 말했지만 폴은 말을 할 수가 없었다. 그래도 시몽은 자신의 감정에 최선을 다했고 후회 없이 그녀를 사랑했다. 시몽의 대사다.

저는 당신을 인간으로서의 의무를 다하지 않았다는 이유로 고발합니다. 이 죽음의 이름으로, 사랑을 스쳐지나가게 한 죄, 행복해야 할 의무를 소홀히 한 죄, 핑계와 편법과 체념으로 살아온 죄로 당신을 고발합니다. 당신에게는 사형을 선고해야 마땅하지만, 고독 형을 선고합니다.[77]

독일 작곡가 브람스의 일생을 알고 나면 시몽이 브람스처럼 느껴진다. 소설에서 시몽이 느낀 자기 인식의 순간이 우리가 살아가는 삶의 자리에서도 일어난다. 종종 누구에게 '잘 지내?'라고 물을 때가 있다. 간단한 안부 인사이지만 진짜 속뜻은 '나에게 신경을 써줘' 혹은 '날 위해 뭘 좀 해다오'일 수도 있다. 소설은 우리가 사랑하는 것들이 언젠가는 사랑했던 것들이 되어버린다는 사실을 일깨워준다.

영혼의 한 조각

자기 인식의 통찰을 가장 쉽게 얻을 수 있는 통로는 소설이다. 소설은 우리가 가진 빈약한 인지 능력을 흔들어 진짜를 보게 만든다. 독자는 작은 단서들을 머릿속에서 연결하며 인물 관계도를 그려가는 과정에서 갖가지 비밀과 균열과 모순을 인지하면서 자기 인식을 하게 된다. F. 스콧 피츠제럴드는 『위대한 개츠비』에서 밀주 같은 불법적인 사업으로 부자가 된 개츠비의 삶을 두 문장으로 묘사한다.

> 여름 내내 밤이면 밤마다 옆집에선 음악 소리가 들려왔다. 개츠비의 푸른 정원은 속삭임과 샴페인 그리고 별빛으로 가득 찼고, 남자와 여자들이 그 사이를 부나비처럼 오갔다.[78]

화자 닉은 개츠비를 사심 없이 대하는 유일한 인물이다. 그는 개츠비의 삶을 겨우 네 개의 단어—음악, 샴페인, 별빛, 나방—로 묘사한다. 개츠비의 화려하지만 공허한 삶을 네 단어로 그려내는데 이것이 설명하는 디테일(telling detail)이다. 이런 디테일을 존 스타인벡은 『분노의 포도』 1장에서 쓰고 있다. 모래 폭풍과 가뭄이 가져온 농장의 모습은 앞으로 소설에서 전개될 모든 이야기의 진행을 암시한다.

> 흙먼지는 아침에도 안개처럼 허공에 떠 있었다. 태양은 선혈처럼 붉었다. 하루 종일 흙먼지가 조금씩 하늘에서 떨어져 내렸고, 다음 날에도 계속 떨어져 내렸다. 평평한 담요가 땅을 덮고 있는 것 같았다. 옥수수 위에도, 울타리 기둥 꼭대기에도, 전선 위에도 흙먼지가 쌓였다. … 사람들은 집에서 나와 뜨겁고 따끔따끔한 공기의 냄새를 맡고는 코를 막았다.[79]

소설에서 플롯이 큰 줄기를 잡는 것은 분명하다. 하지만 작가는 여기서 한 발 더 나간다. 작가는 단어나 이미지, 짧은 묘사나 감정 같은 것을 하나 선택하여 전체 스토리를 단번에 압축시킨다. 햇빛은 사나워졌고 잡초들은 자신을 지키기 위해 더욱더 어두운 초록색을 띠고 있다. 또 자동차가 내달리면 흙먼지가 한참이 지나서야 가라앉는다. 이미 상처 입은 땅에 내린 빗줄기는 별 소용이 없을 만큼이다.

소설 곳곳엔 사실감을 주는 묘사가 넘쳐나고 작가는 구조적으로 두 트랙을 써서 이야기를 끌고 간다. 짝수 장에선 이야기를 연속적으로 이어가고 홀수 장은 본론에서 벗어나는 내용으로 채워가면서 뭔가 터질 것 같은 긴장감을 느끼게 한다. 초반 가뭄 묘사는 1930년대 말 대공황 시대를 겪고 있는 독자들에게 자기 일처럼 느껴졌을 것이고, 그리스도인에겐 그게 꼭 출애굽기 1장 속 모습 같아 보일 것이다.

『분노의 포도』는 제목부터 기독교적 메시지를 강하게 드러낸다. 케이시 목사는 주인공 톰 조드 가족과 캘리포니아로 가는 여정을 같이 하며 소설 내내 등장해서 그리스도의 모습을 보인다. 자본주의 그늘에서도 약자를 돕고 자기를 희생하는 모습은 주변을 변화시키는데, 소설을 읽고 나면 케이시 목사의 말이 머릿속에서 울린다. 사람은 자기만의 영혼을 갖고 있는 게 아니라 커다란 영혼의 한 조각이라는 말.

스타인벡이 말한 '영혼의 한 조각'이 우리 모두에게 주신 주님의 마음일 것이다. 이것을 작가는 이야기로 보게 하는데 『노인과 바다』에서 어부는 무려 85일 만에 청새치를 낚았다. 소설은 어부가 바다에서 보낸 5일간을 다루지만, 소설을 읽는 내내 우리는 어부가 꾸는 사자 꿈에 놀란다. 애써 잡은 길이가 5.5미터나 되는 청새치를 상어에게 잃고도 사자 꿈을 꾸는 모습이 경이롭다. 그런 경험을 한 무명씨는 말한다.

> 삶이란 우리가 숨 쉬는 횟수로 측정되는 것이 아니고 얼마나
> 숨이 멎을 정도의 순간을 가졌는가로 측정된다.[80]

소설을 읽었다면 이 말이 주는 느낌이 뭔지를 알 것이다. 소설을 읽는 게 무질서하게 보이지만 우리는 그런 혼돈 속에도 나를 성장시키는 뭔가가 있다는 걸 느낀다. 어떤 책은 단숨에 읽고, 또 어떤 책은 몇 년을 주저한 끝에 읽어내고, 생각도 뒤죽박죽 감동도 들쑥날쑥하지만 하나는 분명하다. 삶이 무엇인가에 대한 나만의 느낌을 갖게 된다. 이게 생기면 자기 생각을 신뢰하게 되어 자존감이 높아진다.

실은 그냥 존재할 뿐

내가 몰랐던 세상을 마주하면 누구나 조바심과 두려움을 느

낄 것이다. 작가는 우리의 시선을 그런 세상을 만난 인물에게 이끄는데 그 인물을 보통 '주인공'이라고 부른다.『노인과 바다』에선 노인 어부가 주인공이다. 어부 산티아고는 바다에 나갔지만 84일간 허탕을 쳤다. 그가 처음 만난 난제이지만 그걸 풀어내는 태도가 경이롭다. 그는 빈손이어도 사자 꿈을 꾸는데, 사람들은 이런 그를 알고 있을까?

헤밍웨이가 산티아고의 삶을 들여다보는 건 그를 이해하고 싶기 때문이다. 사람이 눈에 잘 뜨일 것 같아도 그렇지 않다. 산티아고처럼 노동으로 먹고사는 사람들은 눈에 뜨이지 않는다.『나는 왜 쓰는가』에 보면 오웰도 모로코에 갔을 때 비슷한 체험을 했다. 말라붙은 땅도, 석류도, 야자수도, 산도 눈에 잘 보였는데 정작 괭이질하는 농부나 장작을 지고 가는 노파는 잘 보이지 않아서 오웰은 당황한다.

에세이〈마라케시〉에 보면 오웰이 가젤에게 빵을 먹이는 장면이 나온다. 그 모습을 보고 있던 아랍인 인부가 쭈뼛쭈뼛 그에게 다가와 쑥스러운 듯 한마디 했다. "그 빵은 '나도' 먹을 수 있는데." 그도 배가 고팠고 먹고 싶었다. 오웰에게 가젤은 보였어도 인부는 안 보였다. 성경에도 비슷한 장면이 나온다. 예수님이 찾아갔거나 대면한 사람들이 있다. 사마리아 여인, 38년 된 병자, 혈우병 앓는 여인 등.

병자나 여인, 어린이는 1세기 유대 사람들의 눈에는 안 보이는 존재들이었다. 그들이 살과 뼈가 있고 섬유질과 체액이 있고 정신까지도 있는데 보이지 않는 건 사람들이 보기를 거부하기 때문이다. 이게 한국 사회 속 외국 노동자들의 모습일 수도 있고, 같은 교회의 성도일 수도 있고, 내 안의 '또 다른 나'일 수도 있다. 이들이 분명히 존재함에도 보이지 않는 것은 우리가 부딪치기만 했을 뿐 만나지는 않았기 때문이다.

주변을 둘러보면 깨닫게 되는 게 있다. 많은 사람이 교류하며 살아가는 것처럼 보여도 실은 그냥 존재만 할 뿐이란 사실이다. 최영미 시집『서른, 잔치는 끝났다』[81)를 읽는데 이런 구절들이 보인다. 〈가을에는〉에서 시인은 그를 사랑한 것도 아닌데 미칠 듯이 그리워질 때가 있고, 그리워한 것도 아닌데 무작정 눈물이 나고, 사랑이 아니라도 그의 곁에 키를 낮춰 눕고 싶다고 말한다. 외로운 것이다.

소설은 한 사람을 들여다본다.『가재가 노래하는 곳』에선 늪지에 사는 한 소녀를 찾아가고『두근두근 내 인생』은 조로증을 앓고 있는 '나'의 시선으로 이야기를 풀어간다. 어느 소설을 골라 읽어도 우리는 느낀다. 이야기 속엔 누군가의 삶이 배어 있기에 그걸 읽는 것만으로 우리는 인생을 지혜롭게 사는 법을 알게 되고, 또 우리가 찾아 헤맨 해답이 때로 전혀 엉뚱한 곳에서 모습을 드러낸다는 걸.

양들의 침묵은 성장 이야기

독자가 소설을 읽으며 느끼는 감정은 진짜다. 영화에선 그 감정이 강렬하지만 빠르게 사라진다. 다음 장면이 바로 이어지기 때문이다. 하지만 소설에선 시간을 멈출 수 있다. 영화는 장면을 멈출 수 없지만, 소설에선 가능하다. 『양들의 침묵』에서 작가는 FBI 훈련생 클라리스 스탈링(배우 조디 포스터)이 연쇄살인범을 추적하는 과정을 이야기로 풀어낸다. 그게 분명 허구인데 꼭 실제 사건처럼 느껴진다.

스탈링 요원은 부장의 지시를 받고 한니발 렉터(배우 안소니 홉킨스)를 만나러 간다. 연쇄살인범 버팔로 빌이 한때 그의 환자여서 단서를 얻어내기 위해서다. 하지만 렉터 박사도 만만치 않다. 그는 인육을 먹은 살인자이지만 정신과 의사 출신이다. 스탈링 요원을 보자마자 말씨와 옷차림과 가방과 구두를 보고 방문 의도와 출신과 배경을 간파한다. 둘 사이에 긴장이 높아지고 그걸 지켜보는 독자도 긴장한다.

영화에서는 한니발 렉터가 스탈링 요원과 대화할 때 눈을 감는 장면이 없다. 딱 한 번 깊이 눈을 감는데 스탈링이 아버지가 어떻게 돌아가셨는지를 얘기할 때이다.[82] 이게 느껴지면 앞으로 스탈링 요원이 렉터 박사를 상대로 또 버팔로 빌을 추적하면서 어떤 심리적 갈등을 겪게 될지가 보인다. 주인공이 이런 긴장과 갈등을 이겨내지 못하면 직업적 죽음을 맞게 된다. FBI

정식 요원이 되는 길이 막히는 것이다.

소설이나 영화가 흥미로운 건 우리 자신과 일상을 다양한 시각으로 읽어내기 때문이다. 〈양들의 침묵〉이 스릴러물이어서 신앙과 관련이 없을 것 같지만 그렇지 않다. 주인공이 대면하는 선택은 세 가지 죽음—육체적 죽음, 직업적 죽음, 심리적 죽음—과 연결되어 있고 우리의 일상과도 연결된다. 우리가 꿈과 안정된 직장 중 하나를 결정하는 것도 스탈링의 선택과 닮았다. 그 선택으로 우리 안의 뭔가가 죽는다.

주인공에겐 지우고 싶은 게 있다. 양들의 비명이다. 어린 스탈링은 경비원이었던 아버지가 강도에게 살해된 후 친척 집에 보내졌다. 그런데 하필 그 집이 농장이라 양을 잡았고 도살당하는 양의 비명을 듣게 된다. 어린 양이라도 구하고 싶었지만 그러지 못한 죄책감이 트라우마가 되었다. 스탈링이 상원의원 딸 캐서린을 구하려 애쓴 것도 어린 양과 동일시되었기 때문일 것이다. 양과 캐서린은 스탈링의 분신 같다.

『양들의 침묵』은 스릴러이지만 읽고 나면 성장 이야기라는 게 느껴진다. 렉터 박사가 스탈링 요원을 만났을 때 advancement라는 표현을 쓴다. [83] 이 단어엔 승진과 변화라는 두 가지 뜻이 있다. 영화에서 카메라는 엘리베이터에서 남자들 틈에 홀로 서 있고, 혼자 훈련하고, 수사에서 배제되어도 혼자서 수사를 이어가는 스탈링의 모습을 보여준다. 이때 트라우마(양들의 침묵)는 서브플롯 역할을 한다.

사건 종결 후 한니발은 스탈링에게 전화로 양들의 비명이 멈추었는지 묻지만, 스탈링은 대답하지 못한다. 스탈링은 범죄자 버팔로 빌을 잡고 피해자 캐서린을 구출함으로써 사건을 해결한 동시에 또 다른 유익을 얻었다. 어린 시절 구하지 못한 양, 바로 자기 자신을 구한 것이다. 캐서린을 구함으로써 어린 시절 구하지 못한 양에 대한 죄책감을 떨쳐버리게 된다. 이걸 한니발 렉터가 간파하고 있다.

이야기는 게임 같다. 작가가 인생 최고의 순간을 항상 두려움 뒤에 놓아둔다는 게 느껴진다. 작가의 목표는 간단하다. 그가 풀어내는 이야기에 독자가 몰입하도록 하는 것이다. 독자는 그런 의도를 알고 있기에 기다린다. 작가는 주인공이 성장해가는 모습을 이야기로 풀어내고 독자는 무엇이 그를 성장하게 했는지 그 계기를 찾으려 애쓴다. 성장의 계기가 감동적이고 극적일수록 독자는 더 이야기에 몰입한다.

영화는 변화를 스탈링 요원 자체로도 보여준다. 렉터 박사를 만날 때 한참을 걸어 들어간다. 그 모습이 꼭 무의식으로 들어가는 것 같다. 첫 만남 때 둘은 방탄유리를 사이에 두고 대화를 나눈다. 하지만 두 번째 만남 때엔 철장을 사이에 두고 만난다. 이는 신뢰 관계에 금이 간 걸 암시한다. 렉터 박사는 미스 모펫(Hester Mofet)을 찾으라고 단서를 준다. 이 이름의 철자를 재조합하면 '나의 나머지 부분'(the rest of me)이 된다.

나를 읽을 줄 알아야 진짜 범인을 찾게 되는 것이다. 스탈링

소설 읽는 그리스도인

요원은 창고 문을 열다가 상처를 입는다.[84] 그 상처는 자신의 내면을 마주할 때 상처를 입을 수 있다는 것을 뜻한다. 또 창고에서 찾아낸 흉측한 머리 역시 내면을 직시하는 게 얼마나 불편한가를 암시한다. 범인이 사살된 후 나방이 날아가는 모습이 클로즈업되는데 이는 버팔로 빌과 달리 스탈링 요원은 내면을 직시했고 결국 트라우마를 이겨냈다는 걸 암시한다.

스릴러물이어서 범인의 범죄 심리를 다룬다. 시신의 유사성으로 범인을 좁혀가고 왜 한 피해자에게만 무거운 걸 매달아 강에 유기했는지 같은 차별성으로 범죄 심리를 분석한다. 그 피해자는 범인의 주변 인물일 가능성이 크다. 돌을 매단 것은 시신이 가능한 한 늦게 발견되길 바랐기 때문이다. 스탈링이 수사하듯 성경을 읽다 보면 성경 인물의 감정이 보이고 속마음이 보인다. 그때 성경을 읽는 나만의 눈이 열린다.

스윗해도 내면은 다를 수 있다

나는 진짜 나를 알고 있을까? 경험적으로 볼 때 아닐 것이다. 사람은 죽는 순간까지 자기 자신의 문제에만 탐닉하지만, 다수는 '진짜 나' 즉 내 안의 또 다른 나를 만나지 못하고 생을 마친다. 이 안타까운 현실을 반전시키기 위해 작가는 소설을 통해 각자의 인생은 자기 자신에게 이르는 길이고, 그 길의 의미를 해석할 수 있는 것도 자기 자신뿐이란 걸 각성시키며, 독자에게 나답게 사는 법을 배워가길 권유한다.

우리는 사실 자신에 대해 무지하다. 물론 사회생활을 하다 보면 진짜 모습을 알게 되기도 하지만 그 과정이 험난하다. 조금이라도 수월하게 그걸 경험하려면 소설의 도움이 필요하다. 소설 속 주인공의 삶에서 펼쳐지는 과정을 자신에게 적용하면 나를 읽는 법을 터득하게 된다. 소설은 우리 행동이 다른 사람들에게 어떤 결과를 끼치는지 생각해보도록 한다. 이때 소설은 일종의 시뮬레이터 역할을 한다.

진짜 인생을 아는 사람은 자신의 그림자와 대면하는 게 뭔지를 안다. 화가 프리다 칼로는 고통과 절망을 겪었다. 하지만 그 아픔을 페르소나로 가리지 않고 자화상으로 표현했다. 버지니아 울프는 평생 신경쇠약에 시달리면서도 소설을 썼다. 울프는 "자기 자신에 대한 사실을 말하지 않는 사람은 다른 사람에 관한 사실도 말할 수 없다"고 썼는데 그게 칼로의 말 같다.

지나고 보면 별것도 아닌 일에 화를 낸 적이 있을 것이다. 어떤 말을 들었을 때 격동되었다면 내 마음속 어딘가에 그 감정을 촉발하는 뭔가가 있다는 뜻이다. 그걸 알기 위해서 전문 심리 상담을 받는 것이 가장 좋겠지만 소설도 나름 도움이 된다. 우리 안에는 우리보다 깊고 지혜로운 '또 다른 나'가 있기 때문이다. 소설의 역할은 데미안이 그랬듯이 우리가 자기 내면으로 들어갈 수 있도록 도와주는 데 있다.

나를 위한 시간

나이지리아 작가 중에 치마만다 응고지 아디치에가 있다. 그녀가 쓴 소설 여러 편(『절반의 태양』, 『아메리카나』, 『보라색 히비스커스』) 이 한국에도 출간되었다. TED에 보면 그녀가 한 강연이 있어서 작가의 생각을 조금은 들을 수 있다. 작가라면 누구나 그런 생각을 하지만, 아디치에 역시 평생을 바쳐서 알아야 할 것은 다름 아닌 '나'라는 사실을 잘 인지하고 있다. 『엄마는 페미니스트』 에 보면 이런 조언이 나온다.

> 엄마가 된다는 것은 너무나 멋진 선물이지만 엄마라는 말로만 자신을 정의해서는 안 돼. 무엇보다 충만한 사람으로 남는 것에 더 신경을 써. 자신을 위한 시간을 가져.[85]

빛과 소금의 삶을 살다 보면, 엄마이건 그리스도인이건 '내 안의 나'는 항상 뒷전이 되기 쉽다. 신실할수록 남을 위해 살기 쉽기 때문이다. 그런 시간과 그렇게 사는 삶은 귀하다. 하지만 자기 자신을 잘 돌보지 않으면 삶은 원하지 않는 방향으로 흘러가기 쉽다. 자기 자신을 사랑하고 돌보아야만 우리는 삶을 주체적으로 이끌어가게 된다. 이걸 소설도 말하고 회고록 『배움의 발견』도 말한다. 나를 사랑하는 건 나쁜 게 아니다.

자기 확신에 빠진 사람은 고민하지 않는다. 신앙에 대해서.

하지만 흔들리는 삶이 나쁠 것 같아도 그렇지 않다. 교회에 가는 게 지루하고 사는 게 힘들고 누군가 미워졌다면, 돌아온 탕자도 그랬듯이 자신을 시험에서 구해줄 시간을 가져야 한다. 돌아온 탕자는 비 온 뒤 땅이 굳어진다는 걸 보여준다. 내 인생의 주인공은 나인가? 자신에게 물어보라. 혼란스러운 순간을 경험할 테지만 단단해지는 자신도 보게 될 것이다.

눈만 뜨면 교회로 달려가고 시간만 나면 헌신하고 봉사하는 건 귀하다. 하지만 가끔은 쉬어야 하고 가끔은 쓸데없는 생각도 필요하다. 돕는다는 것은 뭘 주는 것이기도 하지만 함께 비를 맞는 일이기도 하다. 무조건 앞만 보고 달려가다 보면 내 생각에 도취하기 쉽다. 진정한 하나님의 사람이 되려면 자신만의 언어로 사유를 할 수 있어야 하고 또 가끔은 자기만의 바닷가에서 게으름을 피우는 시간도 가져야 한다.

드라마 「슬기로운 의사생활」에 보면 채송화(배우 전미화)가 이익준(배우 조정석)에게 '너 주말에 뭐하냐' 묻는다. 공부한다는 말에 채송화는 캠핑을 제안한다. 채송화는 시간만 나면 캠핑하러 다닌다. 급한 콜이라도 오면 힘들 텐데 왜 이렇게 할까. 잠깐이나마 자신에게 뭘 해준 뒤에 받아들이는 콜과 그냥 받는 콜은 다르기 때문이다. 세상을 품으려면, 그리고 나를 성장시키려면 수시로 나를 충전해야 한다.

소설의 주인공—『천로역정』의 크리스천, 『데미지』의 나, 『노인과 바다』의 늙은 어부 산티아고—을 보면 어떤 생각이 드는가? 그들은 모두 이 세상의 어떤 경험으로도 채울 수 없는 갈망에 시달린다. 그런 갈망에 대처하면서 주인공은 자신을 알아가고 인생을 알아간다. 그리고 그런 여정을 시작하도록 자극을 준 자기 인식의 순간이 있다. 이것을 알아가는 게 신앙의 문해력인데 이걸 '나를 위한 시간'이 키워준다.

3부

어떻게 소설이 묵상을
힘 있게 만드는가

9장

소설이 묵상의
도구가 될 수 있다

성공적인 결혼은 수없이 사랑에 빠지는 걸 요구한다. 그것
도 언제나 같은 사람과.[86] 이것을 신앙생활도 요구하지만, 우리
의 현실적인 삶도 요구한다. 성경을 읽고 묵상하듯 소설도 읽고
복기하면, 즉 자신에게 적용하여 구체적으로 고민하면, 소설은
내가 감동했던 장면이나 밑줄 친 문장을 통해 나의 속마음을 묻
는다. 그때 나는 자신이 무엇을 원하고 무슨 생각을 하고 있는
지를 알게 된다.

　『가재가 노래하는 곳』은 습지에서 일어난 살인사건으로 시
작된다. 주인공 카야는 곧 용의자로 몰리고 재판에 회부된다.
법정 투쟁 끝에 무죄로 풀려난 카야는 습지로 돌아간다. 카야에
게 습지는 가족과 같다. 하지만 행복한 결말 끝에서 작가는 반
전을 준비한다. 피해자로 여겼던 카야가 가해자인 게 드러나고

그게 습지의 생존 본능과 복잡하게 꼬이면서 독자는 '외로움'이 뭔지 묻게 된다.

살다 보면 카야처럼 예기치 않은 일이 일어나고 그게 인생의 행로를 바꿔놓기도 한다. 그런 일이 소설의 인물에게 일어난다. 소설은 등장인물의 삶의 자취를 따라가며 관찰하지만, 현실과 다른 게 있다. 어떤 일이건 원인과 결과가 있고 사건에도 가해자와 피해자가 있기 마련이다. 하지만 소설을 다 읽고 나면 그런 판단을 조금씩 망설이게 된다. 바로 이런 순간이 묵상의 시작점이다.

지리산과 소설

스무 살 때 지리산을 갔다. 8월 노고단 정상에서 본 밤하늘은 찬란했다. 무수히 많은 별이 밤하늘을 밝히고 있었고 손만 뻗으면 하늘이 닿을 것 같았다. 그러다 문득 내가 보는 저 별빛이 실은 몇만 년 몇억 년의 여행 끝에 오늘 이곳 지리산에 당도한 것임을 느꼈는데, 그 순간 경이로운 느낌을 받았다. 산에는 풀벌레와 바람과 달빛뿐인데도 나는 불말과 불병거를 보는 엘리사(열왕기하 6:17) 같았다.

도시에서 누렸던 것이 사라지자 내가 보지 못하던 게 보이기 시작했다. 정보가 사라지자 잊고 있던 기억이 떠올랐고 바람이 주는 힘도 알게 되었다. 산 위에서 느낀 그 시원한 청량감은 하산과 동시에 사라졌지만, 사는 게 힘들다고 느껴지는 순간 문득문득 되살아났고, 그때마다 알 수 없는 힘이 솟아 위안을 받기도 했다. 내가 지리산에서 느꼈던 이런 느낌이 소설책 한 권이 주는 힘이다.

소설은 QT 책이나 묵상집에서 보는 그런 근사한 느낌은 주지 않는다. 소설책을 다 읽고 나도 그 속에서 어떤 게 남게 될지 사실 잘 모른다. 서평가들이 뽑아낸 근사한 문장이 남기도 하겠지만 경험해보니 대개는 내가 짐작하지도 못한 어떤 느낌이 먼저 다가온다. 『바람과 함께 사라지다』에선 저녁놀을 보며 흙을 손에 쥐고 다시는 굶지 않겠다고 맹세하는 스칼렛 오하라의 분노가 느껴졌다.

소설을 읽을 때 문장이 주는 느낌만으로도 용기와 위안을 얻었고, 이십 대 초반의 나로 돌아가는 것 같았다. 언제든 내가 원하는 나이로 돌아갈 수 있다면 상상만으로도 흥분된다. 성숙해진 지금도 참 좋지만 가끔은 꿈은 컸어도 뭔가 어설펐던 이십 대의 나로 되돌아가고 싶을 때가 있다. 그게 현실에서는 불가능해도 소설에서는 가능하다. 소설을 읽으며 나는 과거의 나나 미래의 나를 만난다.

인생에는 갈림길이 있다. 그곳에서 어떤 선택을 하느냐에 따라 인생은 다른 답을 내놓는다. 그게 주인공의 삶이지만 우리의 삶이기도 하다. 왜 주인공은 A가 아니라 B의 길을 가고 있는 것일까? 소설은 그 이유를 설명하지 않지만 우리는 안다. 스칼렛이 보여주듯 주인공이 마주하는 현실은 인생이 그에게 주는 선물이지만 본인에겐 그게 역경일 수 있다고. 이런 걸 깨우치며 우리는 인생을 배운다.

신앙의 기초체력

소설을 읽을수록 신앙의 기초체력이 늘어나는 걸 느낀다. 스위스 작가 폴 투르니에는 묵상을 '하나님의 인도하심을 받는 사색'이라고 표현하는데 이게 소설 읽기와 연결된다. 묵상의 핵심은 말씀을 온종일 느껴보는 과정이다.[87] 『위대한 개츠비』에서 화자는 아버지의 조언(누구를 비판하고 싶어질 땐 세상 사람이 다 너처럼 좋은 조건을 타고난 건 아니라는 점을 명심해라)을 되새기는데 그게 묵상이다.

묵상하려면 말씀이 삶과 연결되어야 한다. 구슬이 서 말이라도 꿰어야 보배가 된다는 속담은 연결과 적용을 강조한다. 속담을 지금 표현으로 바꾼다면 '텍스트의 의미를 결정하는 것은 콘텍스트'가 된다. 텍스트(성경)와 콘텍스트(내가 살아가는 삶의 터전) 사이에 소설이 더해지니, 주인공이 고민하고 깨닫고 변화하는 과정을 보면서 배우게 된다. 주인공이 경험하는 '성장'을 더 치밀하게 하려고 작가는 플롯을 짠다.

플롯에서 주인공은 플롯 포인트를 두 번 지나간다. 그때 주인공이 하는 선택에 따라 이야기가 요동을 치지만, 플롯이 치밀할수록 또 문장이 좋을수록 독자는 이야기에서 빠져나올 수 없다. 소설을 읽는 게 취미 생활 같아도 실제론 더 깊다. 소설은 우리가 인생을 잘 이해하게 도와준다. 『노인과 바다』를 읽고 나면 용기란 고난을 이겨내는 것이 아니라 패배할 줄 알면서도 시작할 수 있는 것이란 생각이 든다.

인간은 연약하고 깨지기 쉬운 존재이다. 그 모습이 같은 죄를 반복하는 구약의 이스라엘 백성처럼 보이는데, 소설이 이런 인간의 내면을 들여다보는 건 사실 공동체를 건강하게 만들기 위해서이다. 공동체가 건강해지려면 구성원인 개인이 먼저 건강해져야 한다. 『앵무새 죽이기』는 그걸 이렇게 표현한다. 법정은 배심원단이 건전한 만큼 건전하고, 배심원단은 그 구성원이 건전한 만큼 건전하다고. [88]

내 안의 나를 만날 때

소설 읽을 시간이 없어 아쉬운 그리스도인은 많지 않을 것이다. 하지만 누군가 여러분에게 '당신은 자신이 꿈꿨던 삶을 살고 있나요?'라고 묻는다면 당황할 것이다. 『리스본행 야간열차』는 자신에게 그런 질문을 던진 한 중년 남자의 이야기다. 이름은 그레고리우스, 나이는 57세, 직업은 교수다. 평생 고전문

헌학을 공부했다. 그런 그가 일탈한다. 수업 중 강의실을 나와 짐을 싸서 리스본으로 떠났다. 41일 동안.

소설을 읽게 되면 평소 무심코 지나쳤을 걸 눈여겨보게 된다. 바로 '내 안의 나'인데 우리가 '속사람'(고린도후서 4:16)이라고 부르는 말의 문학적 표현이다. 소설에서는 '내 안의 나'를 자아, 성장, 정체성, 인간다움이나 자유로움 등과 연결하면서 인간이 누구인지를 풀어낸다. 그리스도인이 이것을 고민할 일은 많지 않지만, 소설을 읽다 보면 알게 된다. 왜 작가는 자신이 느꼈던 것을 독자도 느끼기 원하는지를.

『리스본행 야간열차』에서 주인공은 리스본으로 떠났지만, 다시 베른으로 돌아온다. 그게 일탈 같아도 실은 '내 안의 나'를 만나러 가는 여정이다. 주인공이 리스본을 여행하며 의사 프라두를 찾아가는데 그게 '또 다른 나'를 찾는 여정 같다는 느낌이 든다. 소설에서 작가는 신을 알아가는 게 나를 알아가는 것과 같다고 말한다. 작가는 용기와 시를 예로 들어 입증한다. 한쪽이 없으면 다른 한쪽도 무의미해진다고.

소설은 한 사람의 삶을 따라간다. 힘들게 그의 삶의 끝에 다다르면 이상하게도 그런 인생을 선물한 하나님(운명)의 의도가 느껴진다. 자기 계발서처럼 한 줄 문장으로 깔끔하게 정리되지 않아도 소설을 읽고 나면 인생이 뭘까에 대한 확실한 느낌을 손에 쥐게 된다. 바로 그렇게 느끼는 게 중요하다. 그런 느낌을 느껴보는 시간이 내 안의 나를 만나는 시간이다. 늘 부딪쳤지만 만난 적은 없는 나를 소설은 느끼게 한다.

『분노의 포도』에 보면 열두 명이나 되는 가족이 쫓겨났다. 다른 곳으로 가고 싶어도 차가 없어서 폐물을 모아 트레일러를 만들었다. 그걸 66번 도로 옆에 끌어다 놓고 기다렸다. 지나가던 세단 한 대가 길가의 가족을 보고 트레일러를 자기 차에 연결했다. 식구 중 다섯은 세단에 탔고 일곱과 개 한 마리는 트레일러에 탔다. 트레일러를 끌어준 사람이 먹을 것도 줬다. 그렇게 한 가족이 캘리포니아까지 갔다.

동명의 소설을 영화화한 〈두근두근 내 인생〉에 보면 화자의 아버지(배우 강동원)가 인터뷰하면서 회상하는 장면이 나온다. 병원에서 젊은 부부를 우연히 보았는데 아버지가 멀찍이서 한 살쯤 된 애한테 자꾸 컵을 굴렸다. 애가 컵을 밀어내면 다시 주워 또그르르 굴리며 계속 장난을 쳤다. 컵을 굴린 건 청각장애인이어서 말을 하지 못했기 때문이다. 아이에게 말을 걸고 싶어도 말을 하지 못하니 자꾸 컵을 굴린 것이다.

소설이 보여주듯 보이는 세계의 작은 행동이 보이지 않는 세계에 엄청난 영향을 미친다. 성경에서 한 사람의 믿음의 결단이 이스라엘의 역사를 바꿔갔듯 소설에서 주인공이나 등장인물이 하는 작은 행동이 경이로움을 느끼게 한다. 그럴 때면 인간은 진화가 우연히 만들어낸 그런 존재가 아니라는 게 믿어진다. 인간이 우리가 생각하는 것보다 훨씬 더 큰 존재가 되는 건 경이로움을 느끼기 때문이다.

소설을 읽으면 우리는 자신이 생각하는 그 이상으로 성장한다. 자신의 느낌, 자신의 생각, 자신의 언어를 찾게 되면 밑줄을 긋는데 이게 중요하다. 밑줄 그으면서 찾아낸 이미지, 문장, 감동적인 장면 같은 게 내면에 쌓인다. 그게 무질서하게 쌓이는 것 같아도, 어느 날 결정적인 사건이 일어날 때 불꽃이 붙는다. 그 순간 모든 게 새롭게 이해되면서 우리는 단숨에 도약한다. 이걸 소설에선 '성장'이라고 부른다.

어떻게 살 것인가

나는 아브라함이나 다윗 같은 믿음을 갖는 게 쉬운 줄 알았다. 말씀을 읽고 기도하다 보면 언젠가 그렇게 되겠지 생각했지만 그런 일은 일어나지 않았다. 사회생활을 해보니 세상엔 쉬운 게 하나도 없다. 사소한 의견 차이도 자존심이 걸리니 다들 예민하게 반응했고, 전문성과 연륜이 많을수록 세상을 보는 시야가 좁았다. [89] 게다가 예의를 차려 한 말 뒤에 감춰진 본심을 읽어야 하니 피곤했다.

언행일치가 안 되는 사람들이 실망스러웠지만 나도 별것 없었다. 책임을 맡고 보니 매사가 조심스러워졌다. 일단 성과를 내야 하니 뭐든 잡음 없이 무탈하게 진행되는 게 최고였다. 문제는 이런 일이 조직뿐 아니라 개인의 삶에서도 일어난다는 것이다. 무엇을 믿는가는 언제나 어떻게 사는가와 직결되지만, 이게 삶으로 살아지지 않으면, 누구나 당황하게 된다. 어설프고 위태로웠던 나는 고민이 컸다.

소설을 읽다 보니 이런 고민을 작가도 하고 있었다. 다들 자기만의 삶에 몰입할 때 작가들은 밤하늘의 별을 바라보는 것 같았다. 그런 시선을 가진다고 뭐가 달라질까 싶었지만, 은희경 작가는 '잘 살려면 내가 싫어하는 사람이 되어야 하는데 그렇게 살고 싶냐'라고 자신에게 물었고, 톨스토이는 〈세 가지 질문〉[90] 에서 가장 중요한 때는 언제이고, 가장 중요한 사람은 누구이고, 가장 중요한 일은 무엇일까, 물었다.

루시 모드 몽고메리의 『빨간 머리 앤』[91]을 읽으니 진심으로 행복해지려면 슬픔도 알아야 하는 걸까 궁금해졌다. 이런 걸 예감하지 못했지만, 소설을 읽으며 이런 질문이 내가 알지 못했던 내 안의 뭔가를 자극했고 그것은 '어떻게 살 것인가'에 즉각적으로 영향을 미친다는 게 느껴졌다. 작가는 소설을 통해 내 안의 뭔가를 일깨워서 인생에서 진짜 중요한 게 뭔지를 알게 하는데 그게 꼭 묵상이 하는 일처럼 느껴졌다.

소설을 읽으면 묵상은 정답을 맞히는 게 아니라 인생이 주는 쓴맛과 단맛을 느껴보는 것이란 생각이 든다. 현실이 공정하지 않아 당황할 때가 있다. 85만 원 접대를 받은 검사의 면직은 부당하지만, 버스 기사가 커피 마시려고 가져간 800원은 횡령이라고 판결한 경우다. 이런 모순된 판결이 나온 건 고민하는 시간이 부족했기 때문이 아닐까, 싶다. 이걸 올바로 잡아가는 게 뭘까를 고민하는 게 소설로 여는 묵상이다.

상식에 어긋나게 보이는 판결을 볼 때마다 생각하게 된다. 법을 이성의 영역에만 가둘 수 있을까. 이성이 제 역할을 잘하게 하려면 감성도 그 곁을 지켜야 한다는 생각이 든다. 그래서일까, 『시적 정의』를 보니 로스쿨에서 철학을 가르치는 마사 누스바움 교수는 장차 법조인이 될 학생들과 함께 찰스 디킨스의 『어려운 시절』 같은 소설을 읽으며 다른 사람들의 삶을 공감의 시선으로 바라보도록 한다.

삶은 작은 차이로 달라진다. 누스바움은 훌륭한 문학작품은 정의로 나아가는 문이며 문학은 우리 삶에 인간다움을 회복시켜주는 것임을 잘 알기에 로스쿨 학생들에게 분별 있는 관찰자로 살도록 가르치고, 소설이나 그리스 비극과 철학의 시선을 법을 해석할 때 적용하라고 격려한다. 그렇게 하는 이유는 간단하다. 인간은 선을 추구하지만, 실제론 욕망을 따라 살기 쉽다는 것을 알고 있기 때문이다.

박완서나 찰스 디킨스의 소설을 읽고 나면 문학은 우리 자신의 문제뿐 아니라 다른 사람들의 문제를 위해서도 눈물을 흘릴 줄 아는 능력을 길러준다는 걸 직감한다. 나는 분명 허구의 인물의 삶을 읽었는데 그게 내가 처한 문제를 명확히 밝혀주고 내가 천박하거나 타락한 존재가 되지 않도록 다독여준다는 것을 깨달으며 놀란다. 알고 보면 우리가 겪는 실패는 상상력의 실패, 공감의 실패일 때가 많다.

소설 읽기가 묵상

소설을 읽으면 우리는 이걸 읽지 않았더라면 결코 알지 못했을 뭔가를 알게 되는데 이것이 삶을 복기하게 만든다. 『분노의 포도』를 읽으면 가뭄으로 망가진 옥수수밭이 보이고, 그 밭을 망연한 표정으로 바라보는 남자들의 얼굴이 보인다. 그런데 남자들의 얼굴에서 망연한 표정이 사라지자 강인함과 분노와 저항이 나타났고 그걸 여자들이 보았다. 여자들은 안다. 분노를 느끼는 한 다시 일어선다는 것을.

얼굴에서 일어난 분노를 보자 여자들은 이제 남자들이 주저앉지 않으리라는 것, 위험이 지나갔다는 걸 깨달았다. 여자들이 '이제 어떻게 하죠'라고 묻자 남자들은 '나도 몰라'라고 대답한다. 한데 그 대답을 듣는 여자들은 직감한다. 남자들이 건강하기만 하면 어떤 불행도 견딜 수 있다는 것을. 작가는 그것을 여자들이 자기 일을 하러 집 안으로 들어가고 아이들은 놀기 시작했다고 묘사하는 걸로 암시한다.

분노가 나쁜 감정이긴 하지만 분노가 가진 에너지는 가히 폭발적이다. 뭐든 기대하지 않으면 실망하지도 않는 법이다. 그래서 분노와 좌절을 겪어본 사람은 안다. 평범하고 일상적인 행복을 꿈꿀 수 있다는 게 얼마나 감사한지를. 조드 가족은 희망을 찾아 캘리포니아로 떠난다. 지금은 행복하지 않아도 언젠가는 행복해질 수 있다고 꿈을 꾸면서. 이런 날것 같은 시대의 모습을 『분노의 포도』가 보여준다.

서부는 막 시작된 변화의 물결에 불안해하고 있다. 가난한 농부는 불안하지만 지주도 예외가 아니다. 불안해지자 지주는 눈앞에 있는 것들—새로운 세금 제도나 노동조합이나 정부의 정책 등—을 공격하지만 이런 것이 원인이 아니라 결과임을 작가는 소설 속 이야기로 보여준다. 지주들은 노동자들의 품삯으로 지급할 수 있었을 돈을 데모를 막으려고 총을 사고 첩자를 고용하고 블랙리스트를 만드는 비용으로 썼다.

부자들은 이게 재산을 지키는 방법이라고 여겼지만 진짜 원인은 자신들이라는 걸 몰랐다. 그들은 풍년이 들면 가격을 유지하기 위해 오렌지에 등유를 뿌려 태웠고, 감자는 강에 버린 뒤 경비원을 세워 지켰다. 그들은 배고픈 이주민들이 느끼는 좌절과 분노를 몰랐지만, 왜 가난한 사람들이 굶주린 사람에게 음식을 주는지도 몰랐다. 그게 나중에 자신도 굶주릴 경우를 대비한 보험이라는 걸.

캘리포니아로 가는 이주자들의 세상은 밤에 만들어졌다. 하루면 가는 거리엔 꼭 야영장이 있었다. 이곳에서 쉬면서 이주자들은 자신들이 생각하는 세상을 만들었다. 아이들은 장작을 모으고 물을 길었고, 남자들은 천막을 세우고, 여자들은 저녁 식

사를 준비했다. 힘들 땐 댄스파티를 열어 격려했고, 주일엔 예
배를 드리며 감사기도를 했고, 가끔씩은 진흙 속에 떨어진 씨앗
처럼 게으름을 피울 수 있기를 소망했다.

소설에 보면 폐차를 잠깐 굴러가게끔 만들어 이문을 남기
는 사기꾼도 나오고, 음식을 자기 텐트에서만 몰래 먹는 사람
도 나온다. 하지만 작가는 세상엔 따뜻한 사람이 많다는 걸 보
여준다. 아기가 죽자 소식을 들은 사람들이 천막 입구에 동전들
을 놓아둔다. 아기를 잘 묻어주라고 가져다준 돈이었다. 아기
는 인생에서 아무것도 경험하지 못했으니까 아기를 무연고 묘
지에 묻지 말라고.

야영장에서 겨우 하룻밤을 같이 지내는데도 아이들은 모두
의 아이들이 되었고 슬픔은 모두의 슬픔이 되었다. 어떤 아이가
아프면 스무 가족에 속한 100여 명의 사람이 모두 가슴 아파했
다. 아무도 말해주지 않아도 해서는 안 되는 일이 뭔지를 배워
간다. 소설에서 만나는 삶은 참 경이롭다. 슬픔이 때론 휴식 같
고 잠 같다. 가족을 돌보느라 어머니가 힘겹다. 그 어머니가 하
는 기도가 딱 두 가지다.

하나님, 저희가 좀 쉴 수 있게 해주세요. 하나님, 빨래를 좀 할
수 있게 해주세요.

소설에는 중간에 사라지는 인물이 있다. 모든 것이 매 순간

혼란이고 혼돈인데 그걸 견뎌내지 못한 것이다. 같은 미국 땅인데도 서부로 가는 여정과 그곳에 정착하는 게 출애굽기 같다. 그 여정을 통해 스타인벡은 혼란스러워도 우리가 어떻게 살아야 하는지에 대한 답을 찾아간다. 소설 끝에서 등장인물 중 하나는 자식과 굶주려 죽어가는 남자를 보곤 젖을 물린다. 그 하나만으로도 톨스토이가 물었던 세 가지 질문의 답이 보이는 것 같다.

소설의 쓸모

소설의 쓸모는 살아간다는 게 뭔지를 이야기로 들려주는 데 있다. 모두가 알고 있어도 누구 하나 꼭 짚어서 말하지 못한 질문에 답하려고, 작가는 소설을 쓴다. 주인공과 그가 사는 공간과 그가 겪었을 사건을 상상하여 그가 살아갔을 법한 인생을 만들어낸다. 비록 허구이지만 읽고 나면 독자는 그걸 진실하다고 받아들인다. 이 덕분에 인간은 삶이 주는 의미와 진리를 찾아가는 눈을 갖게 된다.

우리는 많은 것들이 변하는 세상에서 살고 있다. 이런 세상을 잘 살려면 발 빠른 적응력이 필요하지만 변하지 않는 것도 하나쯤은 있어야 할 것이다. 소설은 고향 같은 것이다. 고향은 어떤 이름, 단어, 혹은 마법사가 외친 강력한 주문보다도 더 우리를 붙들어주는 힘이 있다. 돌아갈 곳이 있다는 건 힘이 된다.

이런 고향이 물리적 장소여도 좋고 작가의 작품이어도 좋고 이 둘을 묶으면 더욱 좋다.

① 개인의 발견

인간이 허구의 힘을 깨닫기까지 오랜 시간이 걸렸다. 허구는 인간이 상상력[92]을 가졌다는 걸 보여주는 강력한 증거이지만, 이 허구의 힘은 아주 천천히 발현되었다. 언제나 현실의 영역에서만 머물던 인간이 '허구'를 이해하면서 상황이 급변했다. 산업혁명 시기(1760년부터 1830년까지)는 소설이 장르로서 자리를 잡는 시기였다.[93] 소설의 등장과 함께 놀라운 일이 생겼다. 자신의 시선으로 무장한 등장인물이 나타난 것이다.

『로빈슨 크루소』(1719)[94] 출간 100년 후 중산층이 사회적 정치적 영향력을 획득하면서 독자층이 만들어졌다. 소설의 수준도 높아져 파멜라[95](사무엘 리처드슨), 에마[96](제인 오스틴), 제인[97](샬롯 브론테) 같은 여성 주인공들이 등장했고 이들은 귀족 여성을 밀어내고 근대 여성의 표상이 되었다. 이제 사람들은 내면의 깊이를 지닌 살아 있는 개인을 보고 싶어 했고 이게 자기중심적인 삶을 사는 개인의 발견으로 이어졌다.

개인의 발견은 엄청난 의미를 지닌다.[98] 이는 개인을 자유롭고 존엄한 존재로 보거나 욕망과 쾌락에 대한 자유를 주는 데 그치지 않았다. 개인의 발견은 표현의 자유, 거주이전의 자유, 양심의 자유, 종교의 자유, 선거권, 재산권, 교육권뿐 아니라 개인이 평등하게 누릴 수 있는 자유와 권리로 이어졌고, 사람들은 자신이 원하는 방식으로 삶을 살기 시작했다. 누구도 나의 삶을 지배할 권리가 없다는 게 상식이 되었다.

개인의 자율성과 조화로운 인간관계 중 하나를 선택해야 했을 때 그리스는 전자를 선택했고 중국은 후자를 선택했다.[99] 후자를 선택하면 관계망이 중요하고 이것을 벗어나면 불안하다고 느낀다. 가훈으로 '가화만사성'(집안이 화목해야 만사가 형통한다)을 쓰지만, 이것도 통제나 규율과 연결되어 있다. 이것이 코로나19 팬데믹을 대처하는 방식에서 드러났다. 유럽과 미국은 피해가 나도 개인의 자유를 허용했다.

개인의 자율성을 택한 서구는 자기 생각을 거침없이 토해내기 시작했다. 서구에서 유독 초상화[100]나 자서전이 많이 나온 건 우연이 아니다. 그것은 자신을 표현하고 싶은 욕망의 결과물이기 때문이다. 자의식이 생기면서 인간은 내면의 소리에 귀를 기울이며 자신이 원하는 삶을 살아야 한다는 게 상식이 되었고 이게 흔들릴 때 소설은 르네상스 시절 조반니 피코 델라 미란돌라가 한 말을 상기시켜준다.

너에게는 어떤 한계도 없으며 오직 너만이 자신을 위하여 자연의 한계를 정할 뿐이다. 나는 너를 세계의 중심에 놓았으며, 너는 거기서 네 뜻대로 세계를 둘러보고 원하는 것을 볼 수 있다. 나는 너를 천상의 존재로도, 지상의 존재로도, 가시적 존

소설 읽는 그리스도인

재로도, 불사적 존재로도 만들지 않았다. 너는 영예롭게 지명된 재판관으로서 스스로의 틀을 짜고 제작하는 존재다. 너는 네가 원하는 모습으로 너 자신을 조각하면 된다.[101]

개인이 발견되자 19세기엔 믿을 수 없을 정도로 놀라운 소설들이 쏟아져 나오기 시작했다. 19세기는 사실주의 소설의 시대이다. 허구가 주는 힘을 이해하고 나자 인간은 자신이 누구인지를 소설이라는 형식을 빌려 담대하게 풀어내기 시작했다. 찰스 디킨스, 브론테 자매, 스탕달과 위고, 톨스토이와 도스토옙스키, 호손과 멜빌의 소설들 덕분에 소설이란 장르는 대중의 눈도장을 확실히 받게 되었다.

② 자신의 눈으로 자신을 보다

허구가 가진 힘은 놀랍다. 분명 지어낸 이야기인데도 읽고 나면 절로 호흡을 가다듬게 만든다. 이 허구 덕분에 인간은 사랑과 신뢰, 공감과 희망이 가진 '보이지 않는 힘'을 알게 되었고, 믿을 수 없을 정도로 정교하고 복잡한 네트워크를 통해 '협력'을 끌어내는 힘을 갖게 되었고, 그리스도인은 하나님 나라를 다 함께 꿈꾸게 되었지만, 제일 중요한 건 우리가 자신을 소설의 눈으로도 읽기 시작했다는 사실이다.

로마의 시인 호라티우스가 있다. 그가 "공정한 수단으로 벌 수 있다면 돈을 벌고, 공정한 수단으로 벌 수 없어도 어떻게든 벌어라"라고 조언한 적이 있다. 밑줄 친 두 문구 사이에 개인적인 해석이 있어야 하는데 이게 자신의 눈으로 보는 분별력이다. 인간은 바르지 못하나 신은 공정하기에 최후엔 반드시 정의가 승리하기 마련이다. 하지만 그때까지 버티려면 삶을 해석하는 자신만의 기준이 있어야 한다.

사랑에 빠지는 이유는 단순해도 헤어지는 이유는 구질구질하게 길다. 결혼 생활이 우리가 사랑했던 흔적에 불과하지 않게 하려면 결혼하기 전 신중하게 살펴야 한다. 하지만 아이러니컬한 건 아무리 신중하게 살펴도 인생은 전인미답이란 사실이다. 결혼은 혼자 살아도 외롭지 않고 같이 살아도 귀찮지 않을 때 해야 하고, 함께 서 있으되 너무 가까이 서 있지 말아야 하지만, 이게 말처럼 쉽지 않다.

사람들이 소설의 눈으로 자신을 읽기 시작했다는 것은 인생이 주는 의미가 뭔지를 묻게 되었다는 뜻이다. 미국의 사상가 에머슨이 이런 말을 했다. "우리는 언제나 살아갈 준비를 할 뿐, 정작 삶을 살지 않는다."[102] SF 작가 김보영도 단편 〈니엔이 오는 날〉에서 비슷한 말을 했다. "우리는 내일을 말하고 어제를 말하며 한 번도 오늘을 살지 않았다. 우리의 시간은 다 그렇게 모래처럼 손가락 사이로 흘러내렸다."[103]

하나님 나라, 진리, 빛과 소금, 예배, 거룩 같은 멋진 말을 하다 보면 '현재, 순간, 지금, 오늘'이라는 말이 주는 의미를 놓치기 쉽다. 생각해보라, 왜 우리가 사는 시대엔 모세나 엘리야 같은 예언자가 없을까? 하나님은 우리가 예언자가 아닌 자기 자신의 눈으로 스스로를 보기 원하셨다는 생각이 든다. 멀리 보려면 자기를 먼저 볼 줄 알아야 한다는 걸 성경 인물을 보면서도, 소설의 주인공을 보면서도 느낀다.

엔도 슈사쿠의 『침묵』에서 포르투갈 신부는 고문을 받을 때 하나님께 구원해달라고 부르짖지만 하나님의 침묵에 당황한다. 믿음과 회의가 자리를 바꾸는 혼란 속에서 신부는 절망, 비애, 슬픔, 분노, 죄책감, 두려움, 고뇌, 좌절 등을 느끼는데 이런 경험이 중요하다. 우리는 혼란스러운 시간을 견뎌내며 성장하기에 작가들이 하는 말이 예사롭지 않게 들린다. 그들은 삶의 의미를 찾는 이에게 이렇게 말한다.

삶의 의미란 찾아다니는 것이 아니라 우리가 스스로 만드는 것이다.

예수님의 제자로 살겠다는 꿈은 이룰 수 없는 꿈일지도 모른다. 그래도 그런 꿈을 꿔야 나만의 이야기를 쓰게 된다. 삶에는 반드시 겪어야만 하는 운명 같은 것이 있다. 누군가 혹은 뭔가와 사랑에 빠져야 한다. 베드로가 예수님과 사랑에 빠지자 주님은 그에게 복음 전파라는 '이룰 수 없는 꿈'을 꾸게 하신다. 그를 보면 삶은 자기 자신을 찾아가는 여정이 아니라 자기 자신을 만들어가는 여정이라는 생각이 든다.

10장

작가의 이야기를
독자가 완성한다

이야기는 작가가 만들어낸다. 하지만 그 이야기를 완성하는
건 독자이다. 신기하게도 이야기의 화룡점정을 찍는 것은 독자
이다. 바로 독자가 그 이야기를 해석하여 적용할 때 이야기는
제 역할을 다하게 된다. 『모비 딕』[104]은 허먼 멜빌이 공들여 썼
지만 안타깝게도 오랫동안 도서관 포경 코너에 꽂혀 있었다. 그
책을 읽은 사람이 없었기 때문이다. 그러다 한 영문학 교수가
그걸 읽게 되면서 운명이 바뀌었다.[105]

작가 김훈은 평생 책을 많이 읽었겠지만, 그가 추천한 책은
몇 권(『종의 기원』, 『파브르 곤충기』, 『장자』 등)이 되지 않는다. 그중 한
권이 『한국의 갯벌』[106]이다. 전문적인 교양서이지만 갯벌에서
삶의 고단함을 본 것일까, 김훈은 이 책을 인상 깊게 읽었다. 그
덕분에 『한국의 갯벌』은 일반 대중도 알고 읽을 수 있는 책이 되

었다. 바로 이런 시각에서 보면 이야기는 작가가 만들지만, 그것을 완성하는 것은 독자임이 분명하다.

아웃라이어와 더버빌가의 테스

『더버빌가의 테스』를 읽으면 그리스도인으로 사는 게 뭔지를 생각하게 된다. 작가가 소설 곳곳에서 그걸 생각하도록 했기 때문이다. 40장에서 작가는 머시 챈트 양을 소개한다. 양가의 부모들이 에인절과 부부의 인연을 맺어주려던 여자이다. 에인절을 고향에서 만났을 때 머시 챈트는 주일학교에서 나눠줄 성경을 한 아름 안고 있었다. 둘이 대화를 나누는 중 그녀가 목사 아들 에인절에게 한 말이 특이하다.

> 난 개신교 신앙을 자랑스럽게 생각해.[107]

이 말이 그녀의 삶을 대변해준다. 정체성이 선명하다. 인간과 늑대 무리 사이에서 늑대를 선택한 『정글북』의 모글리를 떠올려준다. 그런데 머시 챈트에 대해 소설 속 화자는 조금 다르게 평가한다. 화자는 그녀가 "다른 사람들이 가슴 아프게 바라보는 사건을 더없는 행복의 미소로 보는 그런 인생관을 가졌다"고 언급한다. 이게 무슨 뜻인지가 44장에 보면 나온다. 작가는 시댁으로 걸어가는 테스를 보여준다.

테스는 시댁으로 가고 있다. 자신이 일하는 농장 숙소에서 시댁까지 왕복 48킬로미터를 걸어야 한다. 이곳의 아름다운 풍경이 테스의 눈에는 들어오지 않고 그리운 마음도 예전만큼 일지 않는다. 남편 에인절이 그녀를 떠났기 때문이다. 남편은 지금 브라질에 있다. 테스는 새벽에 일어나 찬 공기를 쐬어서 얼굴은 발그레 상기되었고 시부가 계신 사제관이 보이자 자기도 모르게 긴장해서 혈색을 잃었다.

시댁에 도착하자 테스는 지금까지 신고 온 구두를 벗는다. 목이 긴 투박한 구두다. 그리곤 대신 에나멜가죽으로 된 날씬한 구두를 신었다. 그리고 신고 온 구두는 나중에 찾기 쉽게 대문기둥 옆 산울타리 속으로 밀어 넣었다. 그런데 그 신발을 주일날 교회에서 돌아오던 성직자인, 에인절의 둘째 형 커스버트 클레어[108]가 봤다. 지팡이로 구두를 들어 올리는 걸 보고 머시 챈트가 한마디 한다.

> 맨발로 읍내로 내려와서 동정을 사려는 사기꾼일 거예요. 그래요. 틀림없어요. 장거리 도보 여행에 안성맞춤인 구둔데. 낡지도 않았고. 정말 나쁜 짓이네요. 가져다가 필요한 사람에게 줘야겠어요.[109]

테스의 구두는 그렇게 압수되었다. 이 모든 대화를 들은 테스, 눈물이 앞을 가리며 **뺨**을 타고 흘러내렸다. 그들이 테스를 모욕한 것은 분명하지만 그들을 탓하기는 어렵다. 테스가 겪고 있는 고통스러운 상황을 알지 못했기 때문이다. 하지만 테스는 절망한다. 지팡이에 들린 구두가 꼭 자신처럼 보였기에 테스는 발길을 돌린다. 이게 시부모의 동정심을 끌어낼 절호의 기회란 걸 모른 채 말이다.

용기를 내는 건 누구나 쉽지 않다. 테스는 막판의 결정적인 순간에 용기를 내지 못한다. 시아버지는 성공회 사제이고 편협 하기는 해도 세 아들에 비해 훨씬 덜 오만하고 덜 차가운 사람 이었다. 게다가 사랑의 마음도 갖고 있었다. 하지만 테스는 자 신의 처지를 한탄하는 쪽을 선택한다. 시부모에게 도움을 청하 는 길 대신에 말이다. 이런 모순된 상황에 대해 소설 속 화자 역 시 아쉬움을 표현한다.

소설에서 화자는 독자가 알렉 더버빌, 에인절 클레어 혹은 시부모에게 비난의 시선을 던지지 않게 한다. 테스도 자신의 시 선으로만 상황을 읽고 있기 때문이다. 사건이든 사고이든 한 사 람의 실수로 일어나는 일은 없다. 1997년 8월 5일 괌에서 비행 기 추락 사고가 일어났다. 그 사고의 원인을 세 사람(기장, 부기장, 기관사)의 대화에서 찾아낸 말콤 글래드웰은 『아웃라이어』[110]에 서 이렇게 단언한다.

사고는 대개 일곱 가지의 실수가 결합한 결과 나타나는 것이지, 지식이나 기술로 인한 문제가 아니다. 한 조종사가 실수를 하나 저질렀다면 그것은 문제가 안 된다. 다른 사람이 그 위에 실수를 하나 더 얹어놓을지라도 그 정도로 파국으로 내리닫지는 않는다. 하지만 그들이 또 다른 실수를 저지르고 또 하나, 또 하나, 또 하나, 그리고 또 하나의 실수를 저지르면 이 모든 실수의 조합이 재앙을 불러오게 된다. 비행기 추락 사고를 유발하는 실수들은 예외 없이 팀워크나 의사소통의 문제다.[111]

『더버빌가의 테스』는 테스란 한 여자의 삶을 보여준다. 그의 인생에는 가족, 남편, 불청객, 친구, 이웃, 시댁, 교회, 법과 사회 제도 등이 다 얽혀 있다. 아버지가 귀족의 후손이라는 헛된 꿈을 꾸지 않았다면 테스의 인생이 어땠을까? 어쩌면 평범한 생을 살았을 것이다. 하지만 아버지의 실수에, 알렉 더버빌의 실수와 에인절의 실수가 더해지고, 여기에 자신의 실수까지 더해지면서 테스의 인생이 나락으로 떨어진다.

테스가 자신의 투박한 신발을 두고 하는 대화를 숨어서 듣지 않고 자신을 드러냈다면 어떻게 되었을까? 그 당시는 창피했을 테지만 상황은 더 나은 쪽으로 흘러갔을 가능성이 크다. 시부모도 당연히 테스가 왜 그곳까지 찾아왔는지를 알았을 테니까. 하지만 테스는 용기 있게 나서는 대신 자신의 처지를 한탄한다. 소설은 내가 테스였다면 어떤 선택을 했을까를 고민하게 한다.

이런 고민하는 눈을 가지고 성경을 읽으면 안 보였던 게 보인다. 우리는 담대한 믿음을 달라고 기도한다. 하지만 실제로 믿음은 외부에서 주어지는 게 아니다. 내가 두렵고 떨리지만 맞서 싸우기로 마음먹을 때 내 안에서 생겨나는 것이다. 다윗은 믿음이 특출나서 골리앗을 이긴 게 아니다. 두렵고 떨렸지만, 주님의 도우심을 믿고 골리앗을 상대하러 나선 것이다. 그때 담대한 믿음이 주어진 것이다.

양들의 침묵 12장

토머스 해리스의 『양들의 침묵』에서 한 장면을 뽑았다.

이제 안치실에서 시신과 함께 남은 사람은 크로포드와 스탈링, 에이킨 박사뿐이었다. 에이킨 박사와 스탈링은 무언의 눈빛을 주고받았다. 둘 다 묘하게 즐거워하다가 서로 눈이 마주치자 겸연쩍은 표정을 지었다. 크로포드는 주머니에서 빅스 베이포럽(바르는 감기약으로 많이 쓰이는 크림 타입 연고. 주성분은 멘솔. 시신에서 풍기는 악취를 견디기 위해 쓰이기도 함)을 꺼내 의사에게 건넨다. 스탈링은 그걸로 뭘 어떻게 하라는 건지 몰라 지켜보다가, 크로포드와 의사가 그 연고를 코 밑에 바르는 걸 보고 따라 발랐다(121쪽).

/
소설 읽는 그리스도인

소설 12장에 나온다. 이 장은 여섯 번째 희생자를 검시하는 내용이다. 독자는 인용문을 읽으며 시체 안치실에 있다는 느낌을 받을 것이다. 그렇다면 이야기의 마법에 걸린 것이다. 이것은 허구다. 그런데도 안치실로 느낀다는 건 믿어지기 때문이다. 작가는 독자를 설득하지 않는다. 대부분 독자에게 떠넘긴다. 나이, 옷, 안치실 내부 모습에 대해 말하지 않아도 독자 스스로 정보를 상상해서 그 공백을 채운다.

작가가 준 빈약한 디테일(① 눈빛을 주고받는 것, ② 코 밑에 크림을 바르는 것), 이 빈약한 단서 두 개만으로도 독자는 여백을 채우면서 소설의 이야기를 따라간다. 작가가 시시콜콜 무엇을 하라고 말하지 않아도 독자는 조금씩 얻는 정보(⑩ 시신에 별 모양의 찢어진 상처가 있고, 왼손 손톱 두 개가 떨어져 나간 것)를 갖고 추론한다. 하지만 범인을 잡으려면 결정적인 단서가 필요하고, 그걸 얻으려면 독자는 계속해서 읽어야 한다.

검시 장면을 영화 속 장면과 비교해도 흥미롭다. 카메라는 시체 안치실을 짧게 훑는데 그때 네 사람(잭 크로포드, 의사, 관리자, 스탈링)의 모습이 잡힌다. 카메라는 가운을 입은 사람을 클로즈업해서 보여준다. 다른 두 사람 중 잭 크로포드 부장(연쇄살인범 수사의 총책임자)은 손에 아무것도 끼지 않았고, 관리직 사람(소설에선 라마. 장례식장의 오르간 연주자. 시신에 대한 식견이 상당하다, 126~129쪽)은 오만상을 찌푸리고 있다.

이 장면에서 관객의 머릿속은 바쁘게 돌아갔을 것이다. 무슨 상황인지 파악해야 하기 때문이다. 소설과 달리 영화에선 설명해줄 수가 없다. 따라서 관객이 눈치껏 읽어내야 한다. 라텍스 장갑을 꼈다면 의사일 것이고, 장갑을 안 끼고 있다면 설명만 듣겠다는 뜻이다. 장갑을 꼈으나 소매가 내려져 있다면 지켜는 보되 만지지 않겠다는 마음일 것이다. 또 그가 인상을 찌푸린 걸 보면 이 상황이 불편한 게 분명하다.[112]

소설에서 단서나 정보나 복선은 한꺼번에 주어지지 않는다. 아주 조금씩 나누어서 제공된다. 7장의 플롯에서 말했듯이 정보를 배분하는 일이 중요하다. 작가는 긴장과 서스펜스를 유발하여 독자에게 숨 쉴 틈을 주지 않는다. 독자는 숨죽이며 기다린다. 조금씩 더해지는 단서를 통해 사건이 해결되고 극적인 반전과 함께 이야기의 궤도가 바뀌는 순간을. 이 순간을 위해 작가는 등장인물을 곤경 속으로 밀어 넣는다.

노련한 작가는 궁금증을 유발해서 독자의 마음을 단번에 장악한다. 작가는 장애물로 해결책을 지연시켜 주인공의 행보를 궁금하게 만드는데 그게 서스펜스다. 이 과정에서 긴장이 느껴져야 독자가 이야기에 빠져든다. 독자는 빈약한 단서를 가지고 부지런히 상상하고 추론한다. 어느 순간 머릿속에서 단서와 단서가 연결되기 시작한다. 그러면서 해결에 다가섰다는 느낌이 오는데 이때 엄청난 희열이 터진다.

하지만 작가는 희열이라는 결과물을 독자에게 완성품 형태로 주지 않는다. 세부적인 사항에 대한 공백을 채우는 일을 독자에게 맡기듯 희열을 얻는 것도 독자에게 맡긴다. 작가는 사건의 퍼즐(단서)을 맞춰주지도 않고 이야기의 흐름을 정리해주지도 않는다. 독자 스스로 소설을 읽어가며 모든 퍼즐을 머릿속에서 정리해야 한다. 이건 『제인 에어』 같은 순수소설이나 『양들의 침묵』 같은 스릴러물에도 똑같이 적용된다.

농부가 곡식을 차곡차곡 비축하듯 작가의 퍼즐을 정리하다 보면 머릿속에서 지도 같은 게 그려진다. 주인공이나 범인이 한 어떤 말과 행동이 연결되면서 왜 그렇게 행동했는지 그 이유를 알게 되는데 이때 발견의 기쁨이 터진다. 물론 이런 기쁨은 처음 읽을 때도 느끼지만, 다시 읽으며 뒤늦게 복선이나 작가의 의중을 알게 될 때 '와' 하는 희열이 터진다(예 『천 개의 찬란한 태양』에서 작가는 왜 주인공을 애써 탈출한 카불로 돌려보냈을까).

세상에는 소설이 아니면 볼 수 없는 것이 있다. 『천 개의 찬란한 태양』을 읽었다면 그게 보일 것이다. 또 산다는 것이 뭔지 생각했을 것이다. 좋은 소설이기 때문이다. 이 소설은 4부로 구성되어 있다. 소설의 결론인 4부는 짧다. 3부까지 읽은 뒤 결말을 상상해보라. 나는 작가가 주인공을 카불로 되돌려 보내리라고는 생각하지 못했다. 4부를 읽으며 경이로움이 느껴졌다. 삶이 경이로워질 때 믿음은 시작된다.

희열을 느끼는 경험이 중요하다. 이 한 번의 경험이 일어나는 순간, 그게 내 안의 뭔가를 작동시킨다. 3~5장에선 복기, 자기 인식, 심리적 죽음이 일으키는 내면의 변화를 설명했는데 이

걸 느꼈다면 문학 수업은 절반쯤 한 셈이다. 신영복 선생이 『담론』에서 고전 공부는 먼저 텍스트를 읽고, 그 텍스트의 필자를 읽고, 독자 자신을 읽는 삼독을 말했는데[113], 이 세 단계를 거치면서 독자는 발견이 주는 희열을 느낀다.

문학은 비문학과 다르다. 희열을 독자 스스로 경험하게 한다. 자기 계발서라면 독자가 원하는 것을 깔끔하게 정리한 뒤 선물 상자에 담아 전달할 것이다. 독자가 고민하지 않도록 말이다. 하지만 문학은 다르다. 작가는 레시피만 알려주는 요리사 같다. 그걸 가지고 각자가 실제 음식을 조리해야 한다. 그때 느끼는 음식 맛은 비슷하지만 다르다. 같은 레시피를 갖고도 독자는 자기만의 맛을 만들어낸다. 그게 희열이다.

성장판이 열린다

이십 대에는 실수해도 사람들은 경험이 재산이라고 말했다. 하지만 서른이 넘으니 다들 결과를 기대한다. 직장 생활이 익숙해지니 뱃살이 늘었고, 가정을 꾸리고 싶어도 싱글의 자유가 없어지는 게 두렵다. 주변에 지인들은 많지만 편한 관계는 적다. 아무리 친해도 교인이고 동료이고 상사이고 선후배다. 이십 대와 달리 경제적 여유가 생긴 게 좋긴 하지만 생각이 많다. 작가들이 서른, 마흔에 대해 쓴 게 인상 깊다.

조지 오웰은 『나는 왜 쓰는가』[114]에서 썼다. 서른쯤 되면 대개 개인적인 야심을 버리고 겨우 살 뿐이라고. 존 르 카레도 『팅커, 테일러, 솔저, 스파이』[115]에서 비슷하게 말했다. 강인한 척해도 마흔 살엔 꽉 꺾이게 된다고. 꺾인 것을 들키기 싫어 자신보다 더 강한 사람들에 의지해서 살지만, 어느 날 그들도 자신과 별반 다르지 않다는 것을 알게 된다고. 이런 각성이 올 때 성장판이 다시 열리는 느낌이 든다.

『데미안』을 읽으면 정신없이 밑줄을 긋게 된다. 소설 속 문장에 공감하기 때문이다. 신기한 건 밑줄을 그을 때마다 키가 자라난 듯한 느낌을 받는다는 사실이다. 싱클레어의 삶은 허구이고 내가 살아보지 않은 삶인데도 그게 꼭 내가 산 삶처럼 느껴진다. 허구 속 싱클레어의 삶이 현실 속 나를 일깨워주는 게 신기하다. 나는 이런 느낌을 톨스토이나 스타인벡, 김애란이나 최은영의 소설을 읽을 때도 느꼈다.

『쇼코의 미소』에 실린 단편 〈언니, 나의 작은, 순애 언니〉에 보면 할머니에 대한 묘사가 나온다. 할머니는 평생 인색하고 무정했다. 그런 태도로 답답한 인생을 버틴 것도 용하지만 엄마는 그런 할머니를 이해하지 못하고 경멸했다. 한데 시간이 흐르고 나니 할머니의 무정함이 조금은 이해가 되었다. 상대의 고통을 나눠질 수 없다면 어설픈 애정보다 무정함을 택하는 게 나았다. 그게 할머니의 방식이었다.

최은영의 첫 소설집을 읽으며 밑줄을 긋다 보니 김연수가 한 말이 생각났다. "아름다운 문장을 읽으면 당신은 어쩔 수 없이 아름다운 사람이 된다."[116] 경험해보니 김연수 작가의 말이 맞는 것 같다. 마음을 흔드는 문장을 만나면 우리는 한참을 들여다보게 된다. 읽은 지가 꽤 오래되었어도 문득 떠오르고 그게 점점 나의 일부가 된다는 느낌을 받는다. 소설이 주는 이런 느낌을 칼 융은 이렇게 표현한다.

바깥을 보는 사람은 꿈을 꾸고 안을 보는 사람은 깨어 있다.[117]

융이 무의식을 설명하면서 한 말이지만 이게 꼭 소설의 역할을 말한 것 같다. 『노인과 바다』에서 늙은 어부 산티아고는 사자 꿈을 꾸는데 사자 꿈을 읽을 때 내 안의 뭔가가 깨어나는 느낌을 받는다. 소설은 허구이고 지어낸 이야기인데 그게 꼭 실제로 산 누군가의 이야기를 써낸 것 같다. 또 이게 '나'라는 존재의 삶과 연결되는데 그때 나는 소설 속 주인공의 삶을 보며 뭔가에 직면하기도 하고 저항하기도 한다.

직면하는 건 사건을 있는 그대로 받아들이지 않는 것이고, 저항하는 건 다른 것과의 연계를 살펴보는 것이다. 주인공은 직면하고 저항하고 또 실수하면서 인생을 배워가는데 소설은 이것을 누군가의 이야기로 들려준다. 멀리서 보면 삶은 평범해 보이지만 가까이 가서 보면 그 속에 자기만의 특별함이 있다. 그 특별함을 가슴속에 묻어두지 않고 다른 사람들과 공유하려고 용기를 내는 게 작가가 하는 일이다.

작가가 하는 일이 자극을 주는 일이라면 독자의 역할은 반응이다. 자극이 있으면 반드시 반응이 있기 마련이고 자극과 반응 사이엔 약간의 시간이 주어진다. 찰나 같은 이 짧은 시간 동안 우리는 선택하거나 결정한다. 하나님은 우리 모두에게 선택할 수 있는 자유의지를 주셨다. 소설 속 인물의 경험과 내 생각을 겹쳐 읽으며 우리는 알게 된다. 내가 어떤 감정을 느끼는 건 내 속에 숨은 욕구가 있기 때문이라는 걸.

사자 꿈이 암시하듯 숨은 욕구는 감정과 긴밀하게 연결되어 있다. 소설을 읽으며 우리가 영혼이 자란 듯한 느낌을 받거나 내 마음을 들킨 것처럼 충격을 받는 것은 이 때문이다. 감정적으로 반응을 한다는 건 내 안에 숨은 욕구가 있다는 시그널이다. 감정은 마음이 드러나는 통로이기에 충족되지 못한 욕구가 있으면 반드시 어떤 반응을 보이게 되어 있다. 우리는 자신에게 결핍된 건 어떻게든 채우려고 한다.

해답을 도출하는 과정

고민이 생기면 시원한 해결책을 찾기 마련이다. 깔끔한 해답을 쉽게 찾으면 기쁨이 클 테지만 어쩌면 결과물보다 더 중요한 건 해답을 도출해내는 과정이지 않을까 싶다. 소설은 우리가 건너뛰고 싶은 과정을 몸에 체득시킨다. 소설에서 다루는 주제는 단순해도 작가가 그것을 전개하는 플롯은 복잡하게 얽혀 있는 실타래를 푸는 일 같다. 여러분이 『대부』[118]를 소설로 읽는다면 사적 복수에 끌릴 것이다.

마리오 푸조는 마피아의 숨겨진 이야기를 독자에게 들려주는데 1부엔 열한 가지 에피소드가 나온다. 1부는 나흘 동안 일어난 사건을 다루는데 첫 시작과 끝이 장의사 이야기다. 이탈리아 이민자 아메리고 보나세라는 미국에 사는 동안 법과 질서를 신뢰했다. 그런데 두 청년이 자신의 딸을 잔혹하게 폭행하고 겁탈하려 했는데 판사는 집행유예로 풀어주었다. 분노한 그는 대부 돈 코를레오네를 찾아간다.

어느 날 동료의 아들이 대부 돈 코를레오네를 찾아왔다. 피자 가게를 열려면 500달러가 필요한데 은행이 대출해주지 않았다. 돈 코를레오네는 주머니에서 지폐를 꺼냈는데 100달러가 모자라자 변호사에게 빌려서 준다. 백만장자인 천하의 대부가 그를 위해서 100달러를 빌려서까지 도와준다. 과연 얼마나 많은 백만장자가 이웃의 가난한 친구로 인해 돈을 빌리는 불편을 감수할까, 작가는 그것을 짚어낸다.

돈 코를레오네가 100달러를 빌린 변호사는 서른다섯 살이다. 장남과 동갑이다. 열두 살 때 부모가 죽고 지독한 눈병에 걸려 거리를 헤매고 다니는 걸 장남이 집으로 데려왔다. 돈 코를레오네는 그를 받아주었고 유명한 안과의사에게 데려가 치료

했고 법과대학에도 보내주었다. 변호사가 되자 범죄 전문 법률 회사에서 수습사원으로 일할 수 있는 길도 열어준다. 그에게 돈 코를레오네는 아버지와 같았다.

작가는 이런 일화들을 줄줄이 전개하며 돈 코를레오네가 가지고 있는 영향력이 어디에서 오는지를 보여준다. 그의 영향력이 커지는 건 사람들이 자신의 필요를 그를 통해서 해결하기 때문이다. 그에게 신세를 지는 만큼 그는 영향을 미치게 된다. 우리의 고민은 여기에 있다. 삶이 원하는 대로 흘러가지 않을 때 그것을 풀어가는 방식이다. 대개는 사적인 해결책을 찾는다.

티머시 켈러가 『거짓 신들의 세상』에서 말한다. 인간의 내면에 깃든 사악한 충동과 본능이 부와 권력에 끌리는 순간, 우리는 우상에게 빠져든다고. 이때 우상을 우리는 나쁘게 봐도 실제로는 매력적이다. 내면의 욕구를 충족시키고 직면한 문제를 해결해준다는 기대를 하게 한다.[119] 이게 대부를 찾아온 의뢰인들의 감정이다. 이를테면 보나세라에게는 가족을 지키겠다는 생각이 우상이었다.

대부 돈 코를레오네도 실상은 냉혈한이지만 겉으로 보면 가족을 제일 먼저 챙긴다. 그는 "아버지 노릇을 제대로 못 하는 남자는 진짜 사내가 될 수 없다"라고 말하고, "우정은 재능보다 정치보다도 소중한 거야"라고 말한다. 그는 변호사 톰 헤이건을 조직의 고문으로 앉히기 위해 오랫동안 지속되어온 마피아의 전통을 깨뜨렸다. 내 문제를 해결하겠다고 결과에만 초점을 맞추면 우리는 의존적으로 변하게 된다.

『대부』에서 사람들이 돈 코를레오네에게 충성을 맹세하는 건 자신의 문제를 마피아 보스가 해결해주기 때문이다. 사울 왕에게 쫓겨 다닐 때 다윗도 소설의 인물들이 가진 사적 욕구에 시달렸을 것이다. 하지만 고생을 끝낼 절호의 기회가 찾아왔을 때 그는 사적 복수를 행하지 않았다. 그에겐 하나님이 보시기에 선한 것에 관한 자기만의 기준이 있었고 자신의 선택에 대한 확신이 있었기 때문이다.

하나의 사건을 어떤 시각으로 바라보느냐에 따라 결과는 완전히 다르게 흘러갈 수 있다. 이인옥 할머니는 "돈은 똥이다. 쌓이면 악취를 풍기지만 뿌리면 거름이 된다"라고 하셨다. 돌아가시기 전 기초생활 수급비로 살면서도 평생 일군 땅과 재산을 기부하고 탄광촌에서 아이들을 챙겼다. 그분이 남긴 삶의 자취를 읽다 보면 삶이 주는 고단함과 억울함과 불안함을 이겨내는 힘이 뭔지 알게 된다.

어떻게 살아야 인생을 잘 사는 것일까? 소설은 이 물음에 대한 작가의 답안지이다. 소설은 한 인물이 살아가는 삶의 자취를 보여주면서 그가 하는 시행착오를 통해 독자의 시야를 넓혀준다. 우리가 성숙해지려면 시선이 유연해야 한다. 어느 한쪽을 고집해도 때론 양쪽을 넘나드는 유연함을 길러야 한다. 사고가 유연해지면 작가가 말하지 않는 것도 읽어내는 눈이 열린다.

11장

작가가 말하지 않은 것도
읽어내야 한다

이외수 작가가 두 살 때 어머니가 돌아가셨는데 원인은 축농증이었다. 3~4주간 항생제만 잘 먹어도 치료가 되는 질병이지만 예전엔 병원에 가는 게 쉽지 않았다. 누가 수은을 태워서 김을 쐬면 낫는다고 말했고, 어머니는 중금속 중독으로 돌아가셨다. 이런 안타까움을 피하려면 우리 역시 자신과 사물을 보는 시선이 깊어져야 한다. 이걸 문학에선 '비판적 사고'라고 부른다. 뭐든 자신의 시선으로 읽어야 한다.

　알베르 카뮈의 소설 『이방인』의 첫 문장이 독특하다. "오늘 엄마가 죽었다. 아니, 어쩌면 어제. 모르겠다."[120] 이 문장 하나로 호기심이 생긴다. 엄마가 죽었는데 어쩌면 어제라니, 이게 무슨 일이지 하고 의문을 품는 순간, 평범한 사고는 사건으로 바뀐다. 그는 왜 엄마가 죽은 날짜를 기억하지 못할까라는 의문

/
소설 읽는 그리스도인

이 생겼다면 해석이 시작된 것이다. 그 의문을 풀어가는 과정이 소설의 이야기이다.

자동차가 충돌하면 우리는 사고가 났다고 말한다. 반면 살인은 사건이라고 부른다. 우리는 사고와 사건을 구분하여 부른다. 이 둘을 나누는 기준은 '이야기의 눈'으로 볼 수 있는가 없는가이다. 누군가 개입해서 처리하는 일이라면 그건 '사고'이고, 누군가가 그걸 풀어서 해석해야 한다면 그건 '사건'이 된다. 사고는 처리해야 할 일이고 사건은 해석해야 하는 일인데[121] 플롯이 시작되려면 사건이 필요하다.

사고에서는 '사실의 확인'이 중요하고 사건에서는 '진실의 확인'이 중요하다. 우리는 진실을 확인하고 싶을 때 성경 말씀이나 교리를 살펴보지만, 문학은 좀 다르게 접근한다. 문학평론가 신형철은 "우리가 흔히 삶의 진실이라고 부르는 것은 저 인생의 얼굴에 스치는 순간의 표정 같은 것일지도 모른다"[122]라고 썼다. 평론가는 삶을 주관적이고 모호하게 설명하지만 이게 정답에 가깝다는 느낌이 든다.

소설은 평범한 인생을 다룬다. 이런 인생이 어떻게 소설이 될까 싶지만, 된다. 사는 건 비슷비슷하다. 다들 평범해 보이지만 한 걸음 더 다가서면 자기만의 특별함이 보인다. 시인 블레이크가 한 알의 모래에서 세상을 보고 한 송이 들꽃에서 천국을 본다고 한 게 이것이다. 작가는 삶에서 필연적으로 겪어야 하는 것을 공유하는데 독자는 소설을 읽는 단 한 번의 경험으로 가치관이 바뀌기도 한다.

소설 『앵무새 죽이기』는 미국인을 단번에 변화시킨 작품이다. 1961년에 출간되었지만 시대적 배경은 1930년대이다. 작가는 여섯 살 아이의 시선으로 인종 간의 대립과 미국 사법제도의 문제를 다룬다. 신념을 말했다면 무시했을 테지만 여섯 살 아이의 시선을 따라 읽으니 상대의 입장이 되어보지 않고서는 이해할 수 없다는 게 느껴지고, 용기란 패배할 줄 알면서도 시작할 수 있는 것이라는 걸 알고 놀란다.

소설에서 작가는 의도가 분명해도 자신의 의도를 선명하게 보여주지 않는다. 의도가 보이면 뭔가 잘못 쓴 것이다. 소설에선 암시하는 게 가장 중요하다. 암시해야 독자는 자신의 머릿속에서 작가의 의도를 꿰맞추게 된다. 시대가 변하고 사람들의 인식이 변해도 훌륭한 소설은 독자에게 삶을 돌아보게 하고 새로운 세상을 꿈꾸게 하며, 그때 독자는 작가가 자신의 곁에 있다는 느낌을 받는다.

자기만의 시선

축구는 몸을 쓰지만, 머리도 써야 하는 운동이다. 선수는 게임의 흐름과 수비수와 공격수의 움직임을 보며 자신의 자리를 찾아야 한다. 네덜란드 축구 전설 요한 크루이프는 스피드를 설명하면서 "상대보다 조금 먼저 움직이면 내가 빨라 보인다"라고 말했고, 기술은 공을 천 번 튕길 수 있는 것이 아니라 "원터치로, 정확한 속도로, 동료의 발까지 생각해서 패스하는 것"이라고 말했다.

히딩크 감독 역시 축구에 대한 통찰이 남다르다. 그는 감독의 임무는 선수를 감독 스타일로 만드는 게 아니라 선수들이 스스로 자신을 재발견하도록 돕는 것이라고 보았다.[123] 모든 감독이 그렇듯 히딩크 감독 역시 최고의 관심은 이기는 것이다. 경기에서 이기려면 선수 각자가 가진 역량이 극대화되고 합쳐져야 하지만 이걸 선수가 스스로 해야 한다. 이게 무슨 뜻인지를 마사 킨더의 말로 표현해본다.

남들이 당신을 설명하도록 내버려두지 마라. 당신이 무엇을 좋아하고 싫어하는지 또 무엇을 할 수 있고 할 수 없는지를 남들이 말하게 하지 마라.[124]

마사 킨더의 문장이 너무 좋아서 벽에 붙여놓고 한참을 들여다본다. 특히 첫 문장을 읽으며 내 생각을 말하는 게 왜 중요한지를 깨닫는다. 은유 작가는 '자기 언어를 갖지 못한 자는 누구나 약자'라고 말했고, 김영하 작가도 '자신의 감정을 표현하는 사람이 강한 사람이다'라고 말했다. 우리 모두 자기 생각을 자신의 말로 표현할 수 있어야 하는데, 이런 힘은 다른 세상에서

온다고 김소연 시인은 말한다.

누군가 내게 물었다. 시를 쓰는 힘은 도대체 어떤 거냐고. 나
는 대답했다. 이 세계에 속하지 않을 수 있다는 안도감이 힘이
라고. [125]

놀랍게도 김소연 시인은 C. S. 루이스와 똑같은 말을 하고
있다. 두 사람처럼 다른 세상을 보는 눈이 열린 사람에게는 자
기만의 시선이 있다. 그리고 그 시선이 남들과 다르다고 해서
두려워하지 않는다. 그들은 자기만의 시선을 갖는 게 왜 중요한
지를 알기 때문이다. 자기만의 시선이 없으면 남이 바라보는 세
상만을 보게 된다. 자기만의 이야기를 만들려면 비판적 사고는
꼭 배워야 하는 필수 코스이다.

비판적 사고

비판적 사고(critical thinking)는 남과 다르게 생각하는 것이다.
비판하면 사고가 닫히지만, 비판적 사고를 하면 사고가 열린다.
소설은 이걸 감성으로 보여준다. 「이상한 변호사 우영우」는 자
폐로 자기만의 규칙이 분명해도 그 세계가 아름다울 수 있다는
걸 보여준다. 우영우는 말한다. 80년 전만 해도 자폐는 살 가치

가 없는 병이었고, 지금도 '의대생이 죽고 자폐인이 살면 국가적 손실'이란 글에 좋아요를 누른다고. [126]

우영우는 자폐를 앓는다. 자기 안에 갇히는 장애가 있음에도 남의 이익을 대변하는 변호사가 되었다. 그게 비판적 사고다. 로마의 정치인 세네카(그는 황제 네로의 스승이었다)가 자기 자신을 관리할 것을 권하면서 '얼마나 오래 살았냐가 아니라 얼마나 잘 살았냐가 중요하다'고 말했는데, 그게 비판적 사고다. '창의성 없는 절약은 결핍이다'[127]라고 미국 작가 에이미 다사이크진이 말했다. 그게 비판적 사고다.

비판적 사고는 뭐든 뒤집어보며 360도 관찰을 하는 것이다. 역경을 생각해보자. 익숙한 사고를 따라간다면 역경을 고난이나 광야나 장애물로 읽을 것이다. 하지만 소수는 역경을 기회로 해석한다. 인텔의 CEO였던 앤디 그로브는 "역경은 당신에게 생각할 수 없는 것을 생각하게 할 용기를 준다"고 말했다. 그는 역경을 기회로 보고 있다. 이런 해석을 소설에선 비판적 사고라고 부른다.

비판적 시선이 중요하다고 말해도 다수는 그것이 왜 중요한지 모른다. 그걸 깨닫게 하려고 하나님은 고난이나 곤경을 주시는 것 같다. 어려움에 빠지면 우리는 한 번도 도전해보지 않은 걸 시도하게 되고 그때 알게 된다. '이렇게 해도 되는구나.' 처음엔 어려워도 한 번만 해보면 요령이 생긴다. 작은 깨달음이라도 내가 찾으면 느껴지는 기쁨이 다르다. 이걸 경험해보도록 돕는 게 허구라는 가상 현실이다.

비판적 사고를 하려면 나만의 느낌이 있어야 한다. 소설을 완독하기 전 어떤 것도 봐선 안 된다. 해설서가 도움이 되지만 완독하기 전엔 읽지 않아야 한다. 아무리 좋은 것도 나의 시선이나 생각에 영향을 미치기 때문이다. 서툴고 부족해도 이런 나만의 느낌을 느끼는 게 중요하다. 나의 인생에서 주인공은 나이기에, 부족해도 나의 눈으로 읽어야 진리를 분별하고 지켜내는 눈을 키울 수 있다.

소설을 읽으면서 자연스럽게 알게 된 게 있다. 남들은 모르는 나만의 발견이 생긴다는 것이다. 예전엔 이런 발견은 똑똑한 누군가의 몫이라고 여겼다. 하지만 소설을 읽으니 발견의 기쁨은 누가 주는 것이 아니라 이미 내 속에 존재한다는 게 보인다. 나만의 이야기는 내 속에서 발견되기를 기다리고 있고 그걸 찾도록 돕는 게 비판적 사고이다. 좋은 책을 만나면 꼭 『나니아 연대기』에 나오는 옷장을 여는 것 같다.

합리적 의심

현재 교회의 많은 문제는 확신이 지나쳐서 생긴 것이다. 의심과 회의, 흔들리는 믿음이 꼭 나쁜 게 아님에도 많은 이가 이것을 믿음이 없는 증거로 해석해버린다. 오늘날 교회는 돌다리도 두드려보는 합리적 의심이 왜 중요한지를 잊고 있다. 의심하고 반문하고 상상하지 못하면 어떻게 될까? 김기석 목사는 '흔들림조차 없는 확신은 교조주의로 귀착될 수 있다'[128]라고 경고한다.

의심과 번민은 신앙의 본질이다. 신앙은 의심하고 반문하고 질문하는 것이다. 『침묵』은 그게 왜 필요한지를 보여준다. 일본은 개신교와 가톨릭을 다 합해도 그리스도인이 전체 인구의 1퍼센트도 되지 않는다. 작가는 그런 사회에서 그리스도인으로 사는 게 어떤 느낌인지를 소설에 담아낸다. 소설의 주인공을 자신이 가진 신앙의 눈으로 도저히 이해할 수 없는 한계까지 밀어붙인다.

'합리적인 의심'은 법정 표현이다. 우리 법은 검사에게 합리적인 의심이 들지 않을 만큼 유죄를 입증할 것을 요구한다. 하지만 명백한 증거는 없어도 죄가 있다고 추측할 때도 있을 것이다. 그럴 때 형사소송법에선 검사에게 이렇게 요구한다. '의심스러울 때는 피고인의 이익으로, 피고인에게 유리하게.' 이것은 주인공이 심리적 죽음을 대면할 때 자신에게 불리한 선택을 하는 것과 비슷한 느낌을 준다.

의심스럽긴 하지만 증거는 없을 때 법은 피고인을 처벌하기보다 풀어주는 쪽을 선택한다. 법은 처벌보다 죄를 짓지 않은 사람(혹은 억울한 사람)이 처벌받지 않도록 하는 것을 훨씬 더 중요하게 보고 있다. 이런 시선을 우리가 갖는 것만으로도, 우리는 처벌에 대한 해석을 완전히 새로운 방식으로 이해하게 된다. 이런 느낌을 문학적으로 바꾸어보면 이렇게 될 것이다. 영국 작가 도리스 레싱의 말이다.

배움이란 평생 알고 있었던 것을 어느 날 갑자기 완전히 새로운 방식으로 이해하는 것이다. [129]

우리가 살면서 시행착오를 끊임없이 겪는 데는 다 이유가 있다. 성장이 멈춰도 영혼은 쉼 없이 자라야 하기 때문이다. 소설의 이야기는 내가 알지 못했던 뭔가를 일깨우는데 그게 희열을 주었다. 그게 어떤 느낌인지를 『정리하는 뇌』[130]를 읽으며 알게 되었다. 뇌는 치밀하게 설계된 신축 건축물보다는 층마다 조금씩 뜯어고치며 버텨온 낡고 오래된 집을 닮았다고 한다. 우리의 삶도 그렇지 않을까, 싶다.

상상과 공감

아담과 하와가 동산 밖으로 나오는 순간 모든 걸 다시 배워야 했을 것이다. 기록이 없기에 그들이 느꼈을 감정을 알 수 없지만 상상할 수는 있다. 족보를 보니 아담부터 라멕까지가 9대이고, 8대 므두셀라는 홍수가 나던 해까지 살았다. 아담은 10대손 노아의 얼굴을 보지 못했지만 930년을 살았다. 그는 무슨 생각을 하며 그 긴 세월을 견뎌냈을까? 아벨을 가인에게 잃었을 때 아담은 어떤 생각을 했을까?

창세기엔 그 세밀한 감정이 나와 있지 않지만, 박완서 작가가 쓴『한 말씀만 하소서』를 읽다 보면 느껴지는 감정이 있다. "온종일 신을 죽였다. 죽이고 또 죽이고 일백 번 고쳐 죽여도 죽일 여지가 남아 있는 신, 증오의 마지막 극치인 살의, 내 살의를 위해서도 당신은 있어야 돼."[131] 신을 향한 원망이 섬뜩하다. 작가는 1988년 아들을 사고로 잃었다. 서울대 의대를 나온 잘난 아들이었다.

아들을 잃기 전 남편을 먼저 떠나보냈어도 절절하진 않았다. 하지만 자식은 다르다. 작가는 절필하고 수도원에 들어가 칩거하지만, 그 슬픔이 진정되지 않았다. 잠을 자기 위해 소주를 마셔야 했다. 눈을 감으면 난리가 나서 허둥거리며 피난을 가고, 사람들이 죽고, 양식이 떨어지는 꿈을 꾸었다. 아들이 어두운 땅속에 누워 있다는 생각이 들면 발작적 설움이 복받쳤다. 작가는 견디다 못해 이렇게 외쳤다.

주여, 그렇게 하찮은 존재에다 왜 이렇게 진한 사랑을 불어넣으셨습니까.[132]

아들이 떠난 해 올림픽이 열렸다. 성화가 도착했다고 잔치를 벌이고 춤을 추는 게 작가는 싫었고, 문득 아들 대신 딸 중 하나를 잃었다면 덜 애통했을 것 같았다. 그 섬뜩한 상상에 제 풀에 놀라 울며 주님께 용서를 구하는 기도를 드렸지만, 가슴의 울렁거림이 가라앉지 않았다. 주를 믿어서도 사랑해서도 아닌, 단지 두려움 때문에 기도했다는 게 참담하게 느껴졌다. 아들의 생전 모습은 어땠을까?

어머니, 마취과 의사는 주로 수술장에서 환자의 의식과 감각
이 없는 동안 환자의 생명줄을 쥐고 있다가 무사히 수술이 끝
나고 의식이 돌아오면 별 볼 일이 없어지기 때문에 환자나 환
자 가족으로부터 고맙다거나 애썼다는 치하를 받는 일이 거의
없지요. 자기가 애를 태우고 생명줄을 붙들어준 환자가 살아
나서 자기를 전혀 기억해주지 않는다는 건 얼마나 쓸쓸한 일
이겠어요. 전 그 쓸쓸함에 왠지 마음이 끌려요. [133]

스물다섯 살 된 아들이 인턴을 마친 뒤 전문의는 무슨 과를 택할까 엄마와 의논하면서 한 말이다. 작가는 좀 그럴듯한 과를 선택하라고 권했지만, 아들은 그 쓸쓸함이 끌린다며 마취과를 하고 싶다고 했다. 그 작가에 그 아들이라는 생각이 든다. 제삼자인 내 눈에도 기특하게 보이는데 엄마인 작가에겐 얼마나 대견했을까 싶다. 이제 아들은 품 안의 자식이 아니다. 아들을 새롭게 재발견한 순간이었다.

고통의 시간이 일 년쯤 흐르자 작가는 기력을 조금씩 회복한다. 원망할 하나님이 있었다는 게 감사했다. 원망을 받아줄 하나님이 안 계셨다면 작가는 어찌 되었을까? 어쩌면 세상에 존재하지 않았을 수도 있었다. 그제야 그분의 침묵이 이해되었다. 침묵은 무관심이 아니었다. 침묵은 더 많은 원망을 듣고자 하셨던 하나님의 배려였다. 그런 감정을 아담도, 어쩌면 로드리고 신부도 느꼈을 것 같다.

착각이 깨지는 경험

사회가 제대로 돌아가려면 사람들이 사필귀정, 인과응보를 믿어야 하고, 옳은 일을 하면 상을 받고 잘못을 저지르면 벌을 받는다는 사실을 믿어야 한다. 하지만 좋은 소설을 읽으니 더 중요한 게 보인다. 알고 있다는 착각이 깨지는 순간 이상하게 희열이 솟구친다는 사실이다. 〈타이타닉〉은 신분을 초월하는 사랑의 힘이 얼마나 아름다운지를 보여주는데 주인공도 이걸 느끼고 독자도 느낀다.

주인공은 성장통을 겪는다. 어떤 사건을 계기로 한 번도 해보지 않은 고민을 하게 되는데, 이게 『데미안』[134]처럼 아름답게 끝나기도 하고 〈리어왕〉처럼 비극으로 끝나기도 한다. 리어 왕은 딸들에게 겉으로 표현되는 사랑을 요구했다. 권력이 있고 나이가 들었어도 진짜 사랑이 뭔지를 몰랐기 때문이다. 성장소설은 사건을 통해 새로운 시야를 열어준다. 『데미안』은 대표적인 성장소설이다.

주인공이자 화자인 싱클레어는 "저마다 삶은 자기 자신을 향해 가는 길"이라고 말한다. 헤세는 이 세상이 어떻게 변하든 항상 나 자신으로 살기를 원했다. 신기한 건 누구도 그런 길에 이른 적이 없었음에도 누구나 그 길의 끝까지 가보려고 애쓴다는 사실이다. 길이 어두워 더듬거리며 걷는 이도 있고 환한 길을 성큼성큼 가는 이도 있다. 걷는 모습은 달라도 저마다 나름의 최선을 다하고 있다.

자신이 누구인지를 아는 건 쉽지 않다. 다수는 잠깐 호기심을 갖긴 하지만 대개는 이 물음을 삶의 저편으로 밀어놓는다. 그렇게 사는 게 피곤하기 때문이다. 사실 자기만의 답을 찾으려면 고민해야 하고 고민하면 삶이 피곤해진다. 다수는 쉬운 선택을 한다. 그저 많은 사람이 걸어가는 길을 따라간다. 그게 넓은 길을 가는 것이고 『동물농장』[135]이나 『유년기의 꿈』[136]에서 경고하는 삶이라는 걸 알지 못한다.

『데미안』의 초반부에 보면 싱클레어는 밝은 세계(사랑과 행복이 가득한 가족, 모범과 규율로 지배되는 학교) 안에도 어두운 세계(하녀들과 직공들, 유령 이야기와 스캔들)가 있다는 걸 감지하고, 그 두 세계 속에서 자신의 그림자(나다운 내가 되고 싶은 것)도 인식한다. 변화의 시작은 내가 그동안 알지 못했던 뭔가의 존재를 알아채는 것이다. 그게 뭘까 고민하다 보면 머릿속에서 나를 둘러싼 세계의 모습이 그려지기 시작한다.

싱클레어처럼 고민하지 않으면 남이 만든 세계에서 살아야만 한다. 『배움의 발견』이 이런 걸 이야기한다. 저자는 자신이 생각한다고 여겼지만 그건 실제론 아버지의 생각이었다. 아버지는 어떤 주제가 됐든 이해할 수 있는 두 가지 다른 의견이란 존재할 수 없다고 가르쳤다. 아버지는 모든 걸 진실과 거짓으로 나눴고, 딸이 맘에 안 들면 "주님의 분노가 머지않아 너에게 내릴 것이다"라고 저주했다.

아버지에겐 자신을 의심하고 낙담하고 좌절하고 흔들리는 시간이 없다. 그걸 나약함의 증거로 보기 때문이다. 하지만 이 나약함을 경험하는 것이 나다운 나로 사는 길이다. 나다운 나로 살려면 흔들린 경험이 있어야 한다. 이게 시간 낭비 같아도 우리는 그 시간을 거치면서 단단해지고 인간다워진다. 가짜 뉴스에 현혹되고 권위에 쉽게 복종하는 사람을 보라, 흔들린 경험이 없고 사람보다 신념을 더 중요하게 여긴다.

나다운 나로 살려고 하면 실수를 받아들여야 한다. 실수는 그걸 하지 않았다면 결코 알지 못했을 뭔가를 일깨워주기 때문이다. "할 수 있을까를 생각하다 보면 아무것도 못해요. 하지만 할 생각이 있다면 어떻게든 해내겠죠."『분노의 포도』에서 주저하는 가족에게 어머니가 하는 말이다. 실수할까 주저하면 우리는 평생 '나'라는 한 사람의 세계에서만 살게 된다. 그게 싱클레어가 말한 아버지의 집이다.

자기다운 삶을 살려면 반드시 알을 깨고 나와야 한다. 그건 성장통이지만 동시에 희열이다. 소설『장미의 이름』[137]에서 우리는 진리를 안다는 착각에 빠진 인물(⑩ 눈먼 수사 호르헤, 이단 심문관 베르나르 기)을 보게 된다. 이들이 답답하게 보이는 건 삶을 읽는 시야가 좁기 때문이다. 시야가 좁아지자 장서관은 무지를 일깨우는 공간이 아니라 지식을 가두는 곳이 되었고, 호르헤 수도사는 지식을 독점하려고 살인을 한다.

중세든 지금이든 똑똑한 사람들이 만든 세상을 우리는 살아간다. 하지만 이런 세상이 좋기만 한 것일까? 세상에는 내가 모르는 세계가 있고 그걸 알아가는 것이 자기 인식이다. 남이 만든 세계가 아니라 자기만의 세계를 가지려면 남들과 다른 나만의 언어를 가져야만 한다. 그게 자기 인식이고 그걸 소설을 읽으며 경험한다. 그리고 이걸 경험할 때 아프지만 이상하게도 마음이 시원해지는 경험을 하게 된다.

천국의 열쇠

소설『천국의 열쇠』에서 만나는 치점 신부는 성품이 온화하여도 은근히 고집이 세다. 특히 자신이 옳다고 여기는 것은 절대 양보하지 않는다. 첫 장면에서 그는 친구인 주교가 보낸 비서(슬리스 신부)를 대면하고 있다. 비서 신부는 오랫동안 수고했으니 이제는 은퇴하실 때가 되었다고 말하는데 치점 신부는 그럴 의사가 없다고 잘라 말한다. 그의 강론, 충고, 교리가 위험할 정도로 변질되었다는 지적을 받자 이렇게 답한다.

> 무신론자라 해서 모두 지옥에 가는 것이 아닙니다. 나는 무신론자로서 지옥에 가지 않은 사람을 한 사람 알고 있습니다. 지옥은 하나님 얼굴에 침을 뱉은 자만이 가는 곳입니다. [138]

치점 신부의 발언은 시작일 뿐이다. 이런 싹은 어렸을 때도 있었다. 치점은 후에 주교가 된 친구(안셀모 밀리)가 성당 놀이를 하면서 신심을 드러내는 게 불편했다. 치점이 생각하는 하나님은 엄격한 분이 아니었다. 그는 신학교 시절엔 술집 여자를 도와줬다가 "당신, 신부가 되기에는 너무 순수해요. 틀림없이 크게 실패할 거야"라는 충고도 듣는다. 그에겐 이건 해도 되고 이건 하면 안 된다는 종교적 공식이 없었다.

치점도 한때는 성직자가 잘못을 저지르지 않는 인간이라고 믿었다. 하지만 인간다움을 깨닫게 되면서 자신을 정직하게 보게 되었고, 그게 뭔지가 중국에 선교사로 있을 때 드러난다. 한 부자 상인(자씨)의 다 죽게 된 아들을 수술로 구해낸 적이 있다. 그때 자씨가 신자가 되겠다고 찾아왔다. 신부가 하나님을 믿느냐, 교리를 배우겠느냐고 물었지만 자씨는 '아니오'라고 답한다.

하지만 자씨가 한 말이 인상 깊다.

저의 소망은 당신과 같은 신앙을 갖고 싶은 겁니다.[139]

후에 보면 페스트 환자를 치료하다 페스트에 걸려 의사 탈록이 죽어간다. 임종 때 치점 신부는 그를 안고 기도했지만, 병자성사(죽음이 임박한 사람에게 행하기에 '종부성사'로도 부른다. 병자의 죄를 사하고 주님의 은총을 받게 해달라는 가톨릭 성사이다)를 하지 않았다. 수녀는 의사 탈록은 무신론자인데 왜 그에게 병자성사를 하지 않았는지 채근한다. 가톨릭 신자도 아니었다는 말에 치점 신부는 수녀에게 이렇게 말한다.

그리스도교 신자란 누구를 말하는 겁니까? 7일 중에 하루만 교회에 나가고 나머지 6일은 거짓말도 하고, 중상모략으로 남을 속이면서 살아가는 사람들을 가리키는 겁니까? 탈록은 그런 생활을 하지 않았습니다. … 그리고 남을 돕다가 죽어갔습니다. … 그리스도처럼.[140]

치점 신부는 확고한 신앙만 있다면 누구든 지옥에 떨어지지 않는다고 말한다. 그게 불교도이든 회교도이든 선교사를 죽인 무지한 식인종이라도 스스로 돌아보아 가책이 없는 성실한 인간이라면 누구나 구원을 받는다고 말한다. 치점 신부가 한 말은 이신칭의를 믿는 기독교 교리에서 보면 위험한 발언이다. 하지만 그의 말엔 믿음으로 산다는 우리에게 자신의 신앙을 점검하게 만드는 뭔가가 있다.

치점의 친구인 밀리 신부는 우리의 모습을 많이 닮았다. 일단 신실하고 부지런하고 수완이 좋다. 그는 누구와 교제하든 감사를 잊는 법이 없다. 만나고 오면 꼭 즐거웠던 식사에 대한 인사 편지를 썼고 해외선교를 위한 기부금을 보내주면 감사도 잊지 않았다. 그는 사진도 잘 찍어서 목회 자료로 썼고 위엄을 보여 성직자의 권위도 세울 줄 안다. 그가 주교의 자리까지 올라간 건 너무나 당연하다.

소설에 보면 중국 선교지에서 페스트와 홍수가 났다. 그 참담하고 황폐한 일을 보면서 밀리 신부는 "하나님이 하신 일이다"라고 중얼거린다. 우리가 지금도 뉴스 매체를 통해서 듣게 되는 일이다. 근본주의적 시각에 빠지면 재난을 당한 사람들을 위로하고 돕기보다는 심판을 먼저 떠올리게 된다. 『천국의 열쇠』에서 독자는 알게 된다. 신앙이 주는 눈부심도 지나치면 그게 우리 눈을 어둡게 만든다는 걸.

오늘을 살아야 한다

치점 신부가 걸어간 길을 따라가면 우리는 아름다운 이야기를 만난다. 그리고 그 이야기는 뒷전이 되기 쉬웠던 '나'를 보여준다. 사실 나는 평생을 바쳐서 알아야 할 존재이다. 지금같이 바쁜 시대일수록 지친 나를 잘 돌봐줘야 한다. 나를 잘 돌보지 않으면 삶은 원하지 않는 방향으로 흘러가기 쉽다. 소설은 주인공의 삶을 통해 자신에게 진실한 게 실은 타인과 하나님에게도 신실해지는 길이라는 것을 보여준다.

소설은 신앙의 열매는 눈에 보이는 결과물이 아니라는 걸 신앙의 눈으로 이해하게 해준다. 소설 끝에 보면 작가는 주교인 밀리를 언급하면서 그는 자신의 인생을 얼마나 충실하게 살았을까, 묻는다. 치점과 밀리는 같은 지점에서 출발했으나 36년이 지나고 보니 서 있는 곳이 다르다. 치점은 평범한 신부이지만 밀리는 주교이다. 치점에겐 아이 하나뿐이지만 밀리 주변엔 사람들이 많다.

겉으로 보면 밀리 주교는 성공했다. 사회적 위치가 확고하고 어디를 가든 존경을 받는다. 하지만 소설의 눈으로 보면 그 평가는 달라질 수 있다. 소설에선 성공과 성공의 열매가 다르다고 보기 때문이다. 진짜 중요한 성공은 반드시 열매를 맺어야 하지만 그 열매는 사실 눈에 잘 보이지 않는다. 열매가 작아서가 아니라 그건 다른 사람의 인생 속에서 맺히기 때문이다. 그게 치점 신부나 미리엘 주교의 삶이었다.

밀리 주교가 보여주듯이 가진 게 많고 능력이 있는 게 좋지만 그게 인생을 낭비하게 만들 수 있다. 성취를 성공의 열매로

238

알고 앞만 보고 달려가다 보면 이기적인 나를 위한 인생을 살게 된다. 김남주 시인은 〈어떤 관료〉라는 시에서 '봉급을 주는 사람이 그 주인'이라고 썼다.[141] 근면하고 성실한 건 좋지만 아무 생각 없이 헌신하면 어떤 일이 발생할까? 그게 나치에 충성한 장교 아이히만[142]의 이야기이다.

당신 마음속 깊은 곳에서, 당신은 자신을 누구라고 느낍니까?[143]

작가 김연수도 이런 걸 고민한 적이 있다. 그는 마음이 빈 것 같아 그걸 어떻게든 채우려 애썼다. 괜찮다 싶은 게 있으면 뭐든 배웠고 이번 생에서 못 배우면 다음 생에서 배우겠다고까지 결심했다. 그런데 빈 부분이 채워지지 않아 슬펐다. 그러다 뒤늦게 자신이 도넛 같은 존재라는 걸 깨닫는다. 그는 빵집 아들, 도넛 인생이다.[144] 도넛의 가운데가 채워지면 도넛이 아니듯, 나에게도 나만의 인생이 있는 것이다.

『분노의 포도』에서 할아버지는 케이시 목사를 보면서 이렇게 말한다. "난 그 사람이 마음에 들더라. 뻣뻣하지 않아서." 목사는 톰 조드 가족과 서부로 가는 여정을 함께하는데 목회자로서의 인생은 잘 풀리지 않았다. 그런데도 가족은 그를 좋아한다. 목사는 서부로 가고 있지만, 실제론 자기 자신을 찾아가는 것 같다. 이런 느낌이 뭔지를 연기자 김혜자 씨의 백상예술대상 수상 소감[145]이 말해준다.

> 내 삶은 때론 불행했고 때론 행복했습니다. 삶이 한낱 꿈에 불과하다지만 그래도 살아서 좋았습니다. 후회만 가득한 과거와 불안한 미래 때문에 지금을 망치지 마세요. 오늘을 살아가세요. 눈이 부시게. 당신은 그럴 자격이 있습니다.

수상 소감문처럼 우리는 오늘을 살아야 한다. 그것도 눈이 부시게. 그렇게 살려면 이해관계가 얽혔을 때 자기에게 '불리한' 쪽을 선택할 수 있어야만 하고, 남들 눈에 사소하게 보여도 자기에겐 한없이 중요하게 느껴지는 가치관이 있다면 그걸 지킬 수 있어야 한다. 그게 나다운 나를 만들어주는 요소이고, 또 그게 있어야 현실적인 삶을 살되 '이룰 수 없는 꿈'(인간답게 살려고 애쓰는 것)을 붙들고 살 수 있다.

인생의 열매란?

엔도 슈사쿠의 『침묵』에도 신부의 이야기가 나온다. 포르투갈 신부들이 순교하겠다는 결심을 하고 일본에 갔지만 그곳은 늪이었다. 고문을 받으면서 신부는 현실 속 순교는 비참하고 고통스럽다는 걸 깨닫게 되고, 그러자 자신이 겪는 고통에 침묵하시는 하나님을 보며 상처를 받는다. '고통의 순간에 신은 어디에 있는가?' 외치지만 하나님은 침묵하신다. 결국 로드리고 신부는 성화를 밟고 배교한다.

배교를 한 뒤에야 신부는 처음으로 자신이 누구였나를 알게 된다. 그의 신앙은 이제 하나님을 알아가는 첫걸음을 뗀 것인지도 모른다. 타인의 고통이 아무리 커도 자신이 겪어보기 전에는 알 수 없다. 소설 『부서진 사월』에서 작가는 어떤 이에게 삶은 죽음 앞에 주어진 짧은 휴가 같다는 것을 보여준다. 한 문장 한 문장 밟아가다 보면 느끼게 된다. 개인의 삶도 국가 간의 분쟁과 똑같다는 것을.[146]

『침묵』이든 『부서진 사월』이든 그 소설에서 내가 끌리는 지점이 있다. 대개는 문장인데 그 문장이 내 눈에 들어왔다는 게 중요하다. 그게 발견이다. 내 눈에 뭔가가 포착되는 순간 나의 내면에선 그것이 들어와 앉을 공간이 만들어지기 시작한다. 그 작업이 시작되면 기존의 틀을 깨고 새로운 생각이 떠오르기 시작하는데 그때 알게 된다. 지혜로운 사람은 정답을 말하지 않고 올바른 질문을 던진다는 걸.

소설은 생각해보지 않은 것을 생각하게 만든다. 『침묵』을 읽지 않았다면 우리가 배교, 하나님의 침묵, 고통 같은 것을 생각하는 일은 없었을 것이다. 『침묵』은 우리의 믿음이 지닌 본질과 한계를 알게 해준다. 그리스도의 얼굴이 새겨진 그림 후미에를 밟는 게 진짜 배교일까, 읽고 나면 고민하게 된다. 그게 보잘것 없는 형식 같아도 로드리고 신부가 고통하는 모습을 보면 고민하게 된다.

소설을 읽고 나면 우리는 믿음이 불완전하다는 사실을 자연스럽게 인식하게 된다. 배교한 기치지로나 로드리고 신부의 마음이 되어봄으로써 자신의 신앙이 살아 있나를 점검하게 된다. 이런 인식은 자기 점검을 가져오고 이런 점검을 할 때 믿음이 제대로 자라게 된다. 흔들리지 않는 믿음이 멋져 보이지만 합리적 의심이란 자기 점검을 소홀히 하면 그게 인생을 나락으로 떨어지게 할 수 있다.

우리는 타인의 인생을 보듯 자신의 인생도 보아야 한다. 이런 걸 해야 자신과 세상을 단순하게 읽지 않게 된다. 로드리고 신부는 배교한 기치지로를 심판하지만, 그도 배교하며 당황하고, 독자 역시 배교에서 자유롭지 못하다는 것을 느끼면서 당황한다. 작가가 배교를 꺼내든 이유는 약점이 있는 사람은 자신과 세상을 감지하는 더듬이 하나를 더 가진다는 걸 일깨워주기 위함이 아닐까 싶다.

순응하지 않는 사람

주인공치고 흔들리지 않는 인생이 없다. 진짜 신앙을 가진 사람이 흔들리는 건 크게 보면 두 가지 때문이다. 하나는 자신이 옳다는 건 알지만 그걸 눈에 보이는 열매로 증명하지 못하기 때문이고, 다른 하나는 우리 중 다수가 인생의 열매를 눈에 보이는 근사한 뭔가로 여기기 때문이다. 소설에서 보면 내 인생의 열매는 내가 아니라 다른 사람의 인생에서 열린다. 그게 성경에선 아브라함의 삶이다.

땅의 모든 족속이 너로 말미암아 복을 얻을 것이라(창세기 12:3)

세상에도 치점 신부 같은 사람들이 있다. 아무도 눈여겨보지 않는 것에 열정을 쏟는 사람들이다. 애덤 그랜트 교수의 『오리지널스』[147]를 읽으면 그런 사람들을 만난다. 그리고 우리가 살아가는 세상은 기존 논리에 순응하지 않는 이런 사람들 덕분에 진보하고 있다는 걸 알고 놀란다. 이들은 치점 신부처럼 순응과 독창성 중에 후자를 택하고, 참신한 아이디어나 가치를 추구해 더 나은 상황을 만들어낸다.

하나님을 자기 인생의 중심에 두려면 이 세상의 어떤 것으로도 채워지지 않는 열망이 내 안에 있어야 한다. 이 열망이 없으면 머리로는 하나님을 믿지만 마음 깊은 곳에선 아닐 수 있다. 『침묵』이나 『순교자』 혹은 『눈먼 자들의 도시』 같은 소설을 읽으면 저절로 느낀다. 볼 수는 있지만 보지 않는 눈먼 사람들이 여전히 많다는 것을. 소설은 이 세상 모두가 눈이 멀어도 단한 사람만은 보기를 원한다.

한 사람이 중요한 건 사회를 바꾼 변화는 언제나 한 사람으로 시작되었기 때문이다. 소설은 그 한 사람이 내가 되길 바란다. 소설은 허구이지만 읽고 나면 우리는 그게 진실한 이야기라는 걸 느낀다. 그리고 소설을 읽으면서 자신을 초월하면서도 자신에게 충실한 존재가 되는 경험을 하는데 그런 경험을 통해 우리는 자신이 누군지를 묻게 되고 인간이 처한 삶의 처지를 세밀히 들여다보게 된다.

하나님은 우리에게 참된 것, 선한 것, 아름다운 것을 알게 하셨지만, 소설을 읽지 않으면 이 셋이 주는 기쁨을 모르고 살게 된다. 물론 삶에 대한 가치를 보여주는 게 문학만은 아니지만, 그걸 문학만큼 깊이 있게 보여주는 매체는 없다. 소설을 읽으면서 우리는 가장 깊은 감정을 맛보게 되고 그걸 통해 자신이 누구인지를 알게 되고 이런 경험을 인식하면서 개인의 정체성이 만들어진다.

우리는 돈이면 귀신도 부리는 세상을 살고 있다. 복채를 두둑이 내면 액운도 막는다고 한다. 한데 드물지만, 세상을 거슬러 사는 사람이 있다. 말하다 보면 '아 그래요, 하지만 나는 이렇게 하고 싶어요'라고 자기 생각을 분명히 밝힌다. 누가 뭐래도 그는 자신의 삶을 자기가 생각한 대로 산다. 후에 보니 때론 어리석고 무능한 듯 보였으나, 때가 되자 애벌레에서 나비가 되어 푸른 하늘로 날아올랐다.

물론 순응하는 사람은 다르다. 자신을 세상에 맞추기에 성공을 꿈꾸게 되면 모험하지 못한다. 대개는 실패의 두려움으로 『천국의 열쇠』 속 밀리 신부처럼 많은 사람이 걸어간 길을 따라 간다. 그런데도 소수는 세상을 자신에게 맞추려고 애쓴다. 순리를 거스르는 일은 위험하고 세상을 자신에게 맞추려면 포기해야 할 게 있다. 일단 성공에 대한 미련을 접어야만 한다. 그래도 소수는 그 길을 걸어간다.

하나님의 꿈은 우리 모두 주인공의 자리에 앉히는 것

그리스도인으로 산다는 건
남들이 하찮게 여기는 걸 중요하게 여기고,
남들이 보지 못하는 걸 보는 사람이 되는 것이다.
이걸 신앙서도 보여주지만, 소설도 보여준다.

삶은 고되고 불안하기에 의지할 게 있으면 힘이 된다.
기도와 말씀이 그리스도인의 삶을 지켜주는 울타리이지만
소설을 읽을 때도 속사람이 기지개 켜는 느낌을 받았다.
찰나의 느낌이지만 심신이 상쾌해졌고 힘이 났다.

소설이 다루는 삶의 진실은 아주 작아 보인다.
주인공이 며칠 혹은 몇 달 동안 겪는 일을 다룰 때가 많다.

한데 소설을 읽고 나면 겸손해지고 또 쓸쓸해진다.
삶에 대한 감각이 일깨워졌기 때문이다.

살아간다는 건 강하고 슬프고 아름답고 위대한 일이기에
잘 살려면 각자의 인생에서 주인공임을 알아야 한다.
소설은 현실에 익숙해져 잘 살고 있다는 착각에 빠진
우리를 일깨워 주인공답게 살게 한다.

소설이 주목하는 한 사람은 바로 '나'이다.
삶을 대충, 가볍게, 피상적으로 살지 않도록 하려고
우리가 매듭을 당겨 영원한 세계를 잠깐 보게 하는데
그 한 번의 경험으로 우리는 엄청난 도약을 하게 된다.

어느 날 책 한 권을 읽었고 내 인생 전체가 바뀌었다는
오르한 파묵의 고백은 빈말이 아니다.
소설은 그런 우연한 만남을 의도하지는 않아도
그 만남의 확률을 높이는 것은 분명하다.

미주/참고문헌

■ 1장

1) 장 자크 로니에. 『영혼의 기억』 임미경 역. 문학동네, 2003 참고.

2) F. 스콧 피츠제럴드. 『위대한 개츠비』 김영하 역. 문학동네, 2009. 대중에게 익숙한 소설가 김영하가 번역했다. 위대한 개츠비(1925) → 분노의 포도(1939) → 세일즈맨의 죽음(1949) → 호밀밭의 파수꾼(1951), 노인과 바다(1952) → 앵무새 죽이기(1961), 뻐꾸기 둥지 위로 날아간 새(1962) → 빌러버드(1987) → 오스카 와오의 짧고 놀라운 삶(2007) 순서로 읽으면 미국이 호손과 멜빌과 마크 트웨인을 시작으로 20세기를 지나 21세기로 오며 어떻게 바뀌고 있는지가 보인다. 작가는 그 거대한 시대의 변화를 한 사람의 이야기를 통해서 보여준다. 마치 성경의 룻기처럼.

3) 월터 브루그만. 『마침내 시인이 온다』 김순현 역. 성서유니온, 2018, p.15.

4) 클로드 레비-스트로스. 『슬픈 열대』 박옥줄 역. 한길사, 1998, p.179.

5) 요한 볼프강 폰 괴테. 『파우스트』 이인웅 역. 문학동네, 2006.

6) 빅터 프랭클. 『죽음의 수용소에서』 이시형 역. 청아출판사, 2020.

7) 이민진. 『파친코 1&2』(개정판). 신승미 역. 인플루엔설, 2022.

8) 최은영. 『내게 무해한 사람』 문학동네, 2018.

9) 최은영. 『밝은 밤』 문학동네, 2021, p.156.

10) 히가시노 게이고. 『나미야 잡화점의 기적』 양윤옥 역. 현대문학, 2012, p.167.

11) 김보영. 『얼마나 닮았는가』(아작, 2020)에 수록된 단편 〈세상에서 가장 빠른 사람〉

에 나오는 문장을 참고했다.

12) 파스칼 메르시어. 『리스본행 야간열차』. 전은경 역. 들녘, 2014, p.44.

13) The greatest danger in turbulent times is not turbulence, but to act with yesterday's logic.

14) 홍성태. 『브랜드로 남는다는 것』. 북스톤, 2022, p.355.

15) 김난도 외. 『트렌드 코리아 2023』. 미래의창, 2022, p.19.

16) 김초엽 작가는 소설집 『우리가 빛의 속도로 갈 수 없다면』(허블, 2019)에 실린 단편 〈감정의 물성〉에서 이런 시선을 보여준다.

■ 2장

17) 박동운 교수(단국대 경제학과 명예교수)는 출애굽 당시 이스라엘 자손 수를 약 2,061,000명으로 추산한다. 430년 동안 연평균 인구 증가율은 2.3퍼센트로 보았다. 인구를 추산한 공식은 다음과 같다. A(1+r)430=B. A는 이집트로 이주할 때 가족의 수, r은 연평균 인구증가율, 430은 이집트에 체류했던 햇수이다.

18) 고대 이집트 제18왕조의 다섯 번째 파라오가 흥미롭다. 이름이 하트셉수트 (Hatshepsut)인데 그 뜻이 '가장 고귀한 숙녀'이다. 여자인데 파라오다. 하트셉수트는 21년간(BC 1477~BC 1456) 재위했고 출애굽 사건은 기원전 15세기 때 일어났다고 추정한다. 여자가 파라오가 된 일이 없어서 하트셉수트가 파라오의 딸로 추정되지만 하트셉수트와 모세를 연결하는 논문이나 책은 없다. 기독교 자료(Moses and the Gods of Egypts 등)도 조심스럽게 추정할 따름이다. 하트셉수트의 연도에 따르면 그녀가 아기 모세를 처음 보았을 때의 나이는 6~7세쯤으로 추정한다. 하트셉수트의 석상과 미라는 보존되어 있다.

19) Douglas Petrovich. Amenhotep II and The Historicity of The Exodus-Pharaoh. TMSJ(Masters Seminary Journal). 17:1(Spring 2006): 81~100.

20) 존 로날드 로웰 톨킨. 『반지의 제왕』(전4권). 김보원, 김번, 이미애 역. 아르테, 2021.

21) 성경학자 N. T. Wright, James Montgomery Boice와 Jim Cole-Rous는 부부로 보는 게 합리적이라고 해석했고, Wayne Grudem은 그럴 가능성이 있다고 말했다.

22) 로빈 월 키머러. 『향모를 땋으며』. 노승영 역. 에이도스, 2021.

23) 김연수. 『파도가 바다의 일이라면』. 문학동네, 2015, p.220.

24) 김연수. 『스무 살』. 문학동네, 2015.

25) 『슬픈 열대』. p.185.

26) 신형철. 『슬픔을 공부하는 슬픔』. 한겨레출판, 2022, p.56.

27) soteria. 옥상달빛 김윤주가 십센치 권정열에게 심쿵했던 말. 2018년 4월 21일 업로

드림. 분량은 2분 33초.

28) 스캇 펙. 『스캇 펙 박사의 아직도 가야 할 길』. 신승철, 이종만 역. 열음사, 2006, pp.198~199.

■ **3장**

29) 제임스 스콧 벨. 『소설가를 위한 소설쓰기 3: 갈등과 서스펜스』. 정미화 역. 다른, 2019, p.308.

30) 레프 니콜라예비치 톨스토이. 『인생에 대하여』. 이강은 역. 바다출판사, 2020, p.60.

31) 타라 웨스트오버. 『배움의 발견』. 김희정 역. 열린책들, 2020.

32) 월터 브루그만. 『예언자적 상상력』. 김기철 역. 복있는사람, 2015, p.11.

33) 안도현. 『간절하게 참 철없이』. 창비, 2008, p.64. 이 시집 2부에서 시인은 음식(수제비, 무말랭이, 물외냉국, 닭개장 등)을 통해 본 추억과 풍경을 시로 담아낸다. 스며드는 것, 이 시를 읽으면 가슴이 순식간에 아려온다. 평범한 게를 바라보는 시인의 상상력이 놀랍다.

34) 존 스타인벡. 『분노의 포도』. 김승욱 역. 민음사, 2021.

35) 바버라 킹솔버. 『포이즌우드 바이블』. 박아람 역. RHK, 2013.

36) 페르난도 바예호. 『청부 살인자의 성모』. 송병선 역. 민음사, 2022. 바예호는 콜롬비아 작가이다. 작가는 폭력과 마약, 무관심이 얽혀 있는 남미의 삶을 소설에서 보여준다.

37) Man can be destroyed, but not defeated.

38) 파울로 코엘료. 『연금술사』. 최정수 역. 문학동네, 2001.

■ **4장**

39) 프리드리히 막스 뮐러. 『독일인의 사랑』. 배명자 역. 더클래식, 2021.

40) 에릭 시걸. 『Love Story』. 백은영 역. 문학의식, 2019. 첫눈이 내릴 때면 생각나는 소설이다.

41) 아우구스티누스. 『고백록』. 조동선 역. 익투스, 2022.

42) 〈역마차〉는 1939년 작이다. 영어 제목은 Stagecoach다. 주연은 존 웨인과 클레어 트레버이다. 미국의 국립영화보관소는 1995년 문화적, 역사적, 예술적으로 중요하다는 이유로 〈역마차〉를 영구 보존 결정을 내렸다.

43) A. J. 크로닌. 『성채』. 이상길 역. 지성문화사, 2020.

44) 헨리 데이비드 소로. 『월든』. 홍지수 역. 펭귄클래식코리아, 2014.

45) 이언 매큐언. 『암스테르담』. 박경희 역. 문학동네, 2023.

/
소설 읽는 그리스도인

46) 김훈은 수필집 『밥벌이의 지겨움』(생각의나무, 2007, 절판)에서 말한다.

47) 할레드 호세이니. 『천 개의 찬란한 태양』 왕은철 역. 현대문학, 2015.

48) 러시아 수학자 그레고르 페렐만의 이야기이다.

49) 베시 헤드. 『비구름이 모일 때』 왕은철 역. 문학동네, 2016, p.207. 베시 헤드는 별들에 이르는 계단을 만들고 싶어 했다. 이 소설을 읽으면 문장들이 꼭 별들에 이르는 계단 같다.

50) 사흘분 설탕에 대한 일화는 1979년 마더 테레사의 노벨평화상 수상 연설문에 나온다. nobelprize.org에 들어가 검색창에 'Mother Teresa Acceptance Speech'를 치면 영어로 된 연설문 전부를 볼 수 있다. 네 살짜리 힌두 소년의 일화는 연설문 중간쯤 지나면 나온다.

51) 프랜시스 호지슨 버넷. 『비밀의 화원』 정지현 역. 인디고, 2021, p.425.

■ **5장**

52) 헨리 마시. 『참 괜찮은 죽음』 김미선 역. 더퀘스트, 2022.

53) Some people die at 25 and aren't buried until 75.

54) 빅토르 위고. 『레 미제라블』(전5권). 정기수 역. 민음사, 2021. 『레 미제라블』에 대한 모든 인용은 제1권에서 한 것이다.

55) 앞의 책, p.19.

56) 엔도 슈사쿠. 『침묵』 공문혜 역. 홍성사, 2017.

57) 앞의 책, p.229.

58) 앞의 책, p.93.

59) 앞의 책, p.114.

60) 김은국. 『순교자』 도정일 역. 문학동네, 2014. 어린 시절 작은 아버지 집 책장에서 이 소설을 처음 만났다. 그때의 인지 충격이 엔도 슈사쿠의 『침묵』과 연결되어 신앙의 눈을 뜨게 해주었다.

61) 유진 피터슨. 『시가서』 복있는사람, 2017, p.104. 욥기 24장 12절은 『순교자』 167쪽에 인용되어 있다.

■ **6장**

62) 프랭크 매코트. 『안젤라의 재』 김루시아 역. 문학동네, 2010.

63) 스탠리 하우어워스. 『한나의 아이』 홍종락 역. IVP, 2016, p.375.

64) 은희경. 『새의 선물』 문학동네, 2006. 이 소설은 1969년 어느 소읍의 일상을 그린 액자 소설이다. 줄거리도 평이하고 극적인 전개가 없는데도 2022년 출간 27년 만에

100쇄를 찍었다. 박완서의 소설처럼 독자의 마음에 와닿는 뭔가가 있기 때문이다. 열두 살 진희의 눈으로 관찰한 세상이 놀랍게 다가온다.

65) 쇠얀 키에르케고어. 『공포와 전율』 임춘갑 역. 치우, 2011.

66) Natalie Babbit. Tuck Everlasting. Farrar, Straus and Giroux, 1999. 번역본은 제목이 『트리갭의 샘물』(대교출판, 2018)이다.

■ 7장

67) 다윗은 결과적으로는 네 명의 아들을 잃었다. 밧세바와 외도로 낳은 아들(사무엘하 12:18), 맏아들 암논(사무엘하 12:29), 압살롬(사무엘하 18:15), 다윗의 사후에 죽은 아도니야(열왕기상 2:34).

68) 정유정. 『7년의 밤』 은행나무, 2011.

69) 주제 사라마구. 『눈먼 자들의 도시』(개정판). 정영목 역. 해냄, 2009, p.461.

70) 안지영 목사(달라스 나눔교회)의 성경 속 이야기 정말일까 시리즈 중 '다윗의 민낯'이 이걸 이해하는 데 도움을 준다.

71) 치누아 아체베. 『모든 것이 산산이 부서지다』 조규형 역. 민음사, 2008. 아프리카인으로 산다는 게 무슨 뜻인지를 세계에 최초로 알린 소설이다.

72) 『내게 무해한 사람』 p.179. 인용한 문장은 작중인물 모래의 말이다.

73) Michael Blake. Dances with Wolves. Head of Zeus, 2021. 가장 최근판이다.

74) 김금희. 『경애의 마음』 창비, 2018.

■ 8장

75) 김광규. 『희미한 옛사랑의 그림자』 민음사, 2002, pp.92~93.

76) 김광규 시인의 시 〈어느 돌의 태어남〉과 이승우 작가의 『사막은 샘을 품고 있다』(복 있는 사람, 2017), pp.36~41 참고.

77) 프랑수아즈 사강. 『브람스를 좋아하세요...』 김남주 역. 민음사, 2008, pp.43~44.

78) 『위대한 개츠비』 p.54.

79) 『분노의 포도』 p.13.

80) Life is not measured by the number of breaths we take, but by the moments that take our breath away. 작자 미상.

81) 최영미. 『서른, 잔치는 끝났다』 창작과비평사, 1994.

82) 박지선 교수(숙명여대 사회심리학과)의 지적이다.

83) 렉터 박사와의 첫 면담이 무위로 끝난다. 스탈링 요원이 나가는데 렉터 박사 옆방에 있던 사이코가 스탈링 요원 얼굴에 자신의 정액을 뿌린다. 그때 렉터 박사가 그놈

을 죽여버리겠다면서 스탈링을 급하게 부른다. 박사가 이렇게 말한다. "I will make you happy. I'll give you a chance for what you love most." 그게 뭐냐고 묻자 박사는 "Advancement, of course"라고 대답한다.

84) 상처를 입는 건 영화에만 나오는 장면이다. 소설에선 차 문을 열고 좁은 틈으로 들어가느라 고생하지만, 상처를 입지는 않는다.

85) 치마만다 응고지 아디치에. 『엄마는 페미니스트』 황가한 역. 민음사, 2017, p.18.

■ 9장

86) 미국 작가 미뇽 맥러플린이 한 말을 살짝 비틀어 표현했다.

87) 유진 피터슨의 『이 책을 먹으라』(IVP, 2006)는 이 점을 잘 설명하고 있고, 김경은의 『묵상과 기도』(성서유니온, 2023)와 박관수의 『행복한 말씀 묵상학교』(두란노, 2023)도 잘 설명하고 있다.

88) 하퍼 리. 『앵무새 죽이기』 김욱동 역. 열린책들, 2015, p.380.

89) Erik Dane. Reconsidering the Trade-Off Between Expertise and Flexibility. Academy of Management Review. 35(2010): 579~603. 이 논문은 교회를 다루고 있지 않지만, 교회와도 연결되는 접촉점이 있다.

90) 레프 니콜라예비치 톨스토이. 『세 가지 질문』 김연수 역. 달리, 2021. 삽화도 예쁜 그림책이다.

91) 루시 모드 몽고메리. 『빨간 머리 앤』 김양미 역. 인디고, 2008.

92) 이게 창세기에선 아담이 동물들의 이름을 지어주는 것으로 나타난다.

93) 소설의 탄생을 이해할 때 이언 와트의 책 『소설의 발생』(강, 2009)이 도움이 된다. 호메로스를 시작으로 단테의 『신곡』(1308~1321), 보카치오의 『데카메론』(1350~1353), 세르반테스의 『돈키호테』(1605, 1615)가 나오면서 자신의 입지를 찾아가던 허구(fiction)는 '소설'이란 새로운 트렌드에 관심을 가졌던 중산층의 눈에 들면서 급성장했다. 그때 대니얼 디포와 조너선 스위프트는 『로빈슨 크루소』(1719)와 『걸리버 여행기』(1726)를 써 물꼬를 틔웠다.

94) 대니얼 디포의 『로빈슨 크루소』를 완역판으로 읽으면 신앙 간증서 같다. 소설에서 그는 조난 후 영적으로 성장해가는 게 보인다. 보리 이삭에도 감격하고 날마다 기도하고 성경을 묵상한다. 디포가 소설에서 조난된 배의 모습, 날짜, 위도 등을 아주 디테일하게 묘사해서 진짜 실화를 쓴 것 같은 착각이 든다.

95) 새뮤얼 리처드슨. 『파멜라 1&2』 장은명 역. 문학과지성사, 2008.

96) 제인 오스틴. 『에마』 최세희 역. 시공사, 2016.

97) 샬럿 브론테. 『제인 에어』 조애리 역. 을유문화사, 2013.

98) 개인에 대해서 알고 싶다면 다음의 책을 참고하기 바란다. 래리 시덴 톱. 『개인의 탄생: 양심과 자유, 책임은 어떻게 발명되었는가?』 부글북스, 2016; 렉 휘태커. 『개인의 죽음』 생각의나무, 2001; 츠베탕 토도로프. 『개인의 탄생: 서양예술의 이해』 기파랑, 2006. 구글 검색창에서 'The Invention of Individual Freedom'이나 'Rise of the Individual' 같은 키워드로 검색하면 개인의 발견이 갖는 의미를 이해하는 데 도움을 줄 논문이나 글들을 찾을 수 있다.

99) 유시민 작가가 한 말이다.

100) 예를 들어 독일 화가 알브레히트 뒤러의 〈자화상〉(1500)이 인상 깊다. 뒤러는 루터와 동시대인이고 독일 미술의 아버지라고 불렸고, 신성 로마 제국 시대를 살았다. 그의 자화상을 보면 화가는 자신의 모습을 예수가 연상되는 방식으로 그렸다. 화가는 그림에서 자아를 강하게 드러냄으로써 개인이 부각되는 시대의 분위기를 반영하고 있다.

101) 피코 델라 미란돌라. 『피코 델라 미란돌라: 인간 존엄성에 관한 연설』 성염 역. 경세원, 2009. 조반니 피코 델라 미란돌라의 『인간의 존엄에 대하여』(1486)에 나오는 말이다.

102) 대니얼 클라인. 『사는 데 정답이 어딨어』 더퀘스트, 2017에서 재인용.

103) 『얼마나 닮았는가』 p.122.

■ 10장

104) 허먼 멜빌. 『모비 딕』 김석희 역. 작가정신, 2022.

105) 『모비 딕』이 재발견된 것은 1919년, 출간 후 68년 만이었다. 『모비 딕』의 진가를 맨 처음 발견한 사람은 Carl Van Doren이었다. 그는 당시 컬럼비아대 영문과 교수였다. 그는 영문과 강사였던 Raymond Weaver에게 이 소설을 분석하는 글을 써달라고 부탁했다. 『모비 딕』을 분석한 글이 1919년 8월 2일 잡지 〈Nation〉에 실리면서 허먼 멜빌은 단숨에 호손과 함께 19세기 미국을 대표하는 소설가가 되었다.

106) 고철환 편. 『한국의 갯벌』 서울대학교출판문화원, 2009.

107) 토머스 하디. 『더버빌가의 테스』 유명숙 역. 문학동네, 2019, p.399. '아웃라이어와 더버빌가의 테스'에서 언급된 페이지는 이 책을 따른 것임을 밝힌다.

108) 에인절의 둘째 형 커스버트 목사는 머시 챈트에게 청혼해서 결혼하게 된다 (p.572).

109) 앞의 책, p.446.

110) 말콤 글래드웰. 『아웃라이어』 노정태 역. 김영사, 2009. 이 책에서 '아웃라이어'는 보통 사람들의 범주를 벗어난 성공을 이룬 사람들을 가리키는 의미로 쓰였다.

111) 앞의 책, p.212.

112) 박지선 교수의 해석이다.

113) 신영복. 『담론』. 돌베개, 2015, p.19.

114) 조지 오웰. 『나는 왜 쓰는가』. 이한중 역. 한겨레출판, 2022. 오웰의 에세이집이다. 에세이인데도 꼭 단편소설을 읽는 느낌을 준다. 오웰이 마주한 불편한 진실이 무엇이었고 그게 작가에게 어떤 각성을 주었는지를 알게 해준다. 개인적으로는 〈코끼리를 쏘다〉가 좋았다. 읽으면 사울 왕이, 그리고 우리가 왜 종종 남의 시선에 붙잡히는지를 알게 해준다.

115) 존 르 카레. 『팅커, 테일러, 솔저, 스파이』. 이종인 역. 열린책들, 2005. 첩보소설이지만 성장하는 인물이 나온다. 바로 피터 길럼이다. 그는 작전 중 부하를 잃고 좌천되고 좌절을 겪으면서 어른으로 성장한다. 게다가 롤 모델로 삼던 인물이 스파이로 밝혀지면서 뒤늦게 성장통도 겪는다(p.485).

116) 김연수. 『우리가 보낸 순간: 시』. 마음산책, 2010.

117) Who looks outside, dreams; who looks inside, awakes.

118) 마리오 푸조. 『대부』. 이은정 역. 늘봄, 2003.

119) 티머시 켈러. 『거짓 신들의 세상』. 이미정 역. 베가북스, 2012, p.25.

■ 11장

120) 알베르 카뮈. 『이방인』. 김화영 역. 민음사, 2019.

121) 『슬픔을 공부하는 슬픔』. p.115.

122) 앞의 책, p.56.

123) "절대 선수를 만들어 쓰지 말라. 감독의 임무는 선수들이 자신을 재발견하도록 하는 것이다."

124) 은유. 『글쓰기 최전선』. 메멘토, 2015, p.66.

125) 앞의 책, p.88.

126) 문지원. 『이상한 변호사 우영우 1』. 김영사, 2022, p.212. 이것은 대본집이다.

127) Frugality without creativity is deprivation.

128) 김기석. 『욕망의 페르소나』. 예책, 2019, p.228.

129) That is what learning is. You suddenly understood something you've understood all your life, in a new way.

130) 대니얼 레비틴. 『정리하는 뇌』. 김성훈 역. 와이즈베리, 2015.

131) 박완서. 『한 말씀만 하소서』. 세계사, 2004, pp.47~48.

132) 앞의 책, p.25.

133) 앞의 책, pp. 55~56.

134) 헤르만 헤세. 『데미안』 이순학 역. 더스토리, 2017.

135) 조지 오웰. 『동물농장』 김욱동 역. 비채, 2020.

136) 아서 C. 클라크. 『유년기의 끝』 정영목 역. 시공사, 2016.

137) 움베르토 에코. 『장미의 이름 상&하』 이윤기 역. 열린책들, 2022.

138) A. J. 크로닌. 『천국의 열쇠』 이승우 역. 바오로딸, 2010, p. 13.

139) 앞의 책, p. 328.

140) 앞의 책, p. 403.

141) 김남주. 『사랑의 무기』 창비, 1989, pp. 180~181. 박노해 시인도 시 〈하늘〉에서 김남주 시인과 같은 이야기를 한다. "우리 세 식구의 밥줄을 쥐고 있는 사장님은/ 나의 하늘이다."

142) 1961년 예루살렘에서 진행된 재판에서 아이히만은 자신이 그저 명령을 따랐을 뿐이라고 변명했다.

143) 프랑스 작가 아민 말루프가 『사람 잡는 정체성』(이론과 실천, 2006)을 쓰면서 서문에서 물었던 질문이다. 6쪽에 나온다. 그는 2011년 아카데미 프랑세즈의 회원으로 선출되었다. 그의 정체성은 독특하다. 그는 아랍어가 모국어지만 프랑스어로 책을 쓰고 레바논에서 태어났지만 그리스도인이다.

144) 김연수. 『청춘의 문장들』 마음산책, 2004, p. 7.

145) 드라마 「눈이 부시게」에 나오는 마지막 나레이션으로 백상예술대상 대상 수상 소감을 대신하였다.

146) 이스마일 카다레. 『부서진 사월』 유정희 역. 문학동네, 2014, p. 156.

147) 애덤 그랜트. 『오리지널스』 홍지수 역. 한국경제신문, 2016.

/
소설 읽는 그리스도인